내
마음의
크기

내 마음의 크기

비울수록 넓어지는

원영 지음

수오서재

서 문

마음 위에 펼쳐진 인생

바람이 스쳐 가기를 기다렸다는 듯 처마 끝 매달린 풍경이 수줍은 소리로 더듬거릴 무렵, 나는 반쯤 잠긴 눈으로 고요를 즐긴다. 그러나 오래가진 못한다. 금세 사람 소리가 더 크게 들려와 기어이 마음을 긁어 놓고 사라진다.

마음을 찾는다 했던가. 어디 마음이 있다고 그리 헤매었을까 싶다. 잘 알지도 못하면서 마음을 찾겠다고 먼 길을 따라 여기까지 왔다. 나는 여러 선택지 중 오직 마음 찾는 삶, 출가의 길을 택했다.

일상에서 이루어지는 모든 행위의 시작은 마음에서 비롯된다. 어쩌면 우리는 마음을 찾아가는 긴 여정의 간이역에 잠시 정차하여 다듬지 못했던 울퉁불퉁한 마음을 추스르고 있는 것은 아닐까. 때로는 하나의 인연이 다가와 마음이 일렁이기도 하고, 낯섦과 두려움으로부터 스스로를 지켜내기 위해 마음이 닫히기도 한다. 이렇듯 마음은 의지와 상관없다. 정작 나도 내 마음의 크기를 모르니 말이다.

마음을 찾으며 지나온 시간과 스쳐 간 인연의 흔적들이 겹겹이 쌓인다. 마치 나무의 나이테처럼. 우리도 나무처럼 더 크고 바르게 자라기 위해 마음의 가지치기가 필요하다. 자신도 모르게 마음 뒤로 꼭꼭 숨어버린 또 다른 자아가 감당하기 힘든 상태로 변해버리기 전에.

삶은 누구에게나 기쁨에 비례하는 슬픔을 강요한다. 불행을 껴안을 수 있어야 비로소 행복의 소중함을 깨닫게 되듯, 쥐었던 마음을 내려놓을 줄 알아야 그만큼 마음의 크기도 커질 것이다.

사람들은 저마다 오욕칠정五慾七情(다섯 가지 욕심—식욕, 색욕, 물욕, 명예욕, 수면욕—과 일곱 가지 감정—기쁨, 노여움, 슬픔, 즐거움, 사랑, 미움, 욕망)이 뭉쳐져 이룬 산 하나를 품고 살아간다. 누군가에게 그 산은 나무 한 그루 심을 수 없는 빙산이기도 하다. 출가 수행자인 나도 오욕칠정으로 이룬 빙산을 품고 있지 않다고 단언하기 어렵다.

부디 이 책을 읽는 독자 여러분들은 빙산이 아닌 푸른 산을 품으시길, 그 산에서 한 뼘 더 자란 고요한 마음이 울창한 숲을 이루길 소망한다.

눈 내리는 청룡암에서

원영 합장

차 례

2장 서로에게 기대어 기둥이 되어주고

3장 저 산꼭대기를 바라보며 걷자

4장 지혜의 꽃을 피우리

1장

나를 다독이며 삽니다

홀로 있는 시간을 잘 보내려면

스산한 느낌이 들어 문을 열어보니, 기척도 없이 눈이 내린다. 세상의 모든 악업과 인간의 죄업을 다 덮어버릴 듯 근엄하고도 부드럽게 온다. 쌓인 눈을 보고 있노라니 며칠 전 두 눈에 담아온 동백이 눈가를 붉게 물들인다. 어디쯤에선 성급한 매화 소식도 화사하게 들려오는 아침이다.

예전에는 지척에 매화가 있어 때가 되면 잊지 않고 좇아가 향기를 품어 돌아왔는데 도심 사찰에 살게 되면서부터 그러질 못한다. 고작해야 꽃시장에서 사 온 나뭇가지를 백자 항아리에 꽂아두고 완상하는 것이 전부다. 그래도 고

즈넉한 미소로 바라보고 있노라면 은은하게 다가와 나를 깨워 벗이 되어준다. 파리한 승려에게 있어 매화는 늘 고매하고 우아하여 각별한 정서를 안겨준다. 출가승의 그림자 같은 고독 따위야 아무렴 어떠랴 싶게. 승속을 떠나 매화 향기를 싫어할 사람이야 없겠지만 이름 있는 고찰에 오래된 매화 한 그루 정도 다 있는 걸 보면 저 윗대 스님들도 꽤나 좋아하신 모양이다. 통도사의 홍매나 선암사의 백매가 그러하듯 오래된 법당 곁의 묵은 매화는 오랜 세월 출가승의 벗인 게다.

오늘 내 곁에 매화는 없으나 홀로이 어울리는 차라도 한잔 해야겠다. 하늘빛 도는 여릿한 다관을 꺼냈다. 녹차에 매화 한 송이 띄웠더라면 멋지게 어울렸을 텐데, 아쉬움을 뒤로하고 김이 모락모락 나는 찻물을 따랐다. '정좌처다반향초靜坐處茶半香初'라 하였던가. 차 한 모금 머금자 입안에 향이 차오른다. 얼른 법당으로 건너가 향도 하나 살라 올렸다. 은은한 녹차 향 끝에 스미는 침향이라, 그야말로 향미香味가 잔치를 한다.

그나저나 눈 덮인 동백과 매화가 한겨울의 동기인 줄로

알았더니 그게 아니라고 한다. 동백은 가장 늦게 피는 꽃이요, 매화는 가장 처음 피는 꽃이란다. 겨울 막바지와 봄 초입 문턱을 함께하는 두 꽃이라니 실로 묘한 어울림이 아닌가. 사람도 꽃처럼 더불어 살아가야 하는데 더러는 그 관계가 불편하고 무겁다. 가끔씩 그 불편함이 무거워 고요함 속에 파묻히고 싶을 때, 홀로 있고 싶을 때가 찾아온다.

얼마 전 한 스님으로부터 천양희 시인의 《나는 가끔 우두커니가 된다》라는 시집을 선물받았다. 맘씨 좋은 스님은 "눈도 안 좋으니 두꺼운 책 보지 말고, 잠깐 읽고 많이 생각할 수 있는 시집을 보세요"라고 정겹게 웃으며 책을 건네주었다. 고개를 주억거리며 받아든 시집 속에 〈2월은 홀로 걷는 달〉이라는 시가 퍽 쓸쓸하게 읽혔다.

다리가 좋지 않아 시작했던 산책이 1년 전쯤 발목을 다치면서 다시 중단되었다. 세상에서 제일 싫은 게 운동인 게으른 중생이라 그나마 산책 정도로 겨우 체력을 유지하고 있었는데 그마저도 못 하게 되니 어느덧 돌덩이 하나가 가슴에 묵직하게 얹힌 것 같았다. 산책은 몸 건강을 위해 하는 것인 줄 알았더니 그게 아니었다. 마음 건강을 위해 필요했던 것이다. 시집을 읽다가 주섬주섬 짐을 챙겨 거리로 나왔다. 조금이라도 걷기로 했다. 걸으면서 자연이 들려주는 소리를 담고, 세속이 들려주는 얘기에 귀 기울이고, 내 마음의 아우성을 들으며 걸었다. 시의 풍경을 떠올리며 걷다 보니 처음엔 무겁다가 점점 가벼워지고, 이내 굳건해짐을 느꼈다. 마음을 비우고 걷는 일은 언제나 효과적인 해결책을 마련해준다. 걸으면서 불필요한 생각들, 탁한 마음의 먼지들을 털어버릴 수 있고 무엇보다 찌든 마음을 헹구고 또 헹굴 수 있으니 말이다.

마음을 비운 채 생을 돌아보며 걷다 보면, 사색은 더욱 깊어지고 가파른 길도 숨 고르며 견딜 수 있는 내면의 힘이 응축되겠지. 그런 힘을 지니려면 홀로 있는 시간을 잘 보내야 한다. 눈서리에도 당당한 동백과 매화처럼. 적어도 자신을 외롭게 만드는 사람들과 함께 있느니 혼자 있는 편이 훨씬 나을 테니까.

갑자기 머릿속이 쾌청해졌다.

어떻게 마음을 다스려야 합니까?

향 한 자루 사르고 벼루에 먹물을 담는다. 이른 아침부터 화선지를 펼쳐 글 쓸 준비를 했다. 두어 시간쯤 붓글씨를 쓰고, 남은 먹으로 그림을 그리고 나니 흐뭇하다.

글도 많이 썼겠다, 이번엔 뜰 앞에 나가 비 갠 뒤의 맑고 푸른 하늘을 우러러 두 팔 벌려 한껏 품에 안아보았다. 하늘이 나를 안은 것인가, 내가 하늘을 품은 것인가. 도심의 혼탁한 기운과 소음도 맑은 허공이 다 감싸주었는지 그다지 거슬리지 않는다. 오늘은 푸른 기운이 청룡암 도량에 가득하니 긴 잠에서 깨어난 용이 꿈틀거릴 기세다.

청량한 아침 기운에 물 한 동이 들고 나가 산문 앞 화분에 부어주었다. 그러고는 한참 꽃을 바라보고 있는데 새로 출간된 나의 책을 들고 모처럼 도반 스님이 찾아왔다. 친근한 담소 끝에 도반 스님의 근황을 들으니 요즘 피리를 배운다고 했다. 반갑고 즐거운 소식이다. 비구니 스님의 청아한 피리 소리라니 상상만으로도 멋지다. 평소에도 음악적 재능이 있는 스님이라고 인정하던 터라 더 기대가 된다. 우스갯소리로 조만간 전설의 피리, '만파식적'이라도 부는 게 아닌가 하며 즐거이 웃었다.

옛 전설에 의하면 만파식적을 불면 혼란스런 나라는 태평해지고, 병든 이는 낫게 되며, 가뭄에는 비가 오고 장마에는 비가 그치며, 바다에선 풍랑이 잦아든다고 했다. 파도도 근심도 없애준다니 피리 하나로 그럴 수만 있다면 얼마나 좋겠는가. 우리 모두에게 하나씩 있으면 좋겠다. 제아무리 힘든 상황도 피리 한번 불고 나면 다 해결된다니 말이다. 하지만 그럴 리가 있겠는가. 그런 가피加被를 주는 피리도 없을뿐더러 이 험한 사바세계가 피리 하나로 그리 쉽게 변할 턱이 없다.

그럼 이 힘든 세상을 어떻게 헤쳐 나가면 좋을까? 불교에서는 처음도 끝도 마음을 잘 다스리는 일에 열쇠가 있다고 본다. 《금강반야바라밀경金剛般若波羅蜜經》이라는 경전이 있다. 흔히 '금강경'이라 부르는 그것이다. 금강석처럼 견고한 지혜, 세상을 꿰뚫어 보는 지혜를 말하는 이 경전은 부처님과 제자 수보리의 문답으로 이루어져 있다.

수보리가 자리에서 일어나 부처님께 여쭈었다. "세존이시여, 최상의 깨달음에 대한 마음을 일으킨 이는 어떻게 머물며 어떻게 그 마음을 다스려야 합니까?" 즉, 마음 다스리는 법을 알려달라는 얘기다. 이 질문에 부처님은 무엇보다 자신을 고집하는 '상相'부터 내려놓으라고 가르쳐주었다. 세상이 다 허망한데 그깟 상을 내서 무슨 소용이냐는 말씀이다. '금강경'에서 말하는 최상의 지혜는 우선 각자의 마음에서 상을 없애는 것이다. 잘난 척, 있는 척, 아는 척하는 상!

지난날 속 썩고 인간관계에 부대낀 일들을 들여다보면 자기를 고집하는 데서 문제가 생겼음을 알 수 있다. 나는 나대로 너는 너대로, 자기중심적인 생각이 만들어낸 각자의 아집이 불씨가 되어 화를 키운 것이다. 금강경에서는 상을 네 가지로 나누어 설명한다. 자기중심적인 생각으로 자신을 내세우려는 아상我相, 상대를 평등하게 대하지 않고 우월감으로 생명을 차별하여 대하는 인상人相, 스스로를 열등하게 보는 중생상衆生相, 목숨에 집착하여 연연해하는 수자상壽者相이다.

이렇게 인간의 욕망과 절망을 다 담고 있는 상을 버리는 연습이 곧 마음을 다스리고자 하는 이들이 해야 할 수행이다. 자기를 내세워 뽐내고자 하는 생각, 아집이나 편견, 고정관념 등의 기본적인 상조차도 버리지 못하면 결국 풍랑이나 탓하며 고해를 건널 수밖에, 도리가 없다.

다행히도 불교에서는 우리 모두에게 만파식적과 같은 피리가 이미 갖추어져 있다고 본다. 달리 밖에서 애써 구하지 않아도 내 안에 있는 것을 꺼내어 불 수만 있으면 된다고 말이다. 피리를 부는 것은 곧 마음을 비우는 일, 상을 내려놓는 일에서부터 시작된다. 비우고 버리고 나면 새로운 세상도 만들 수 있고, 더 아름다운 역사를 써내려갈 수도 있다는 사유방식이 깔려 있다.

불과 1, 2년 전만 해도 나는 온전치 못한 생각들을 자주

했다. 어떤 때는 모든 것을 내려놓고 쉬고 싶었고, 어떤 때는 모든 인간관계를 다 끊어버리고 싶었으며, 심할 때는 그만 죽었으면 하고 바랐던 적이 한두 번이 아니다. 생에 대한 집착도 즐거움도 남아 있지 않았고, 오로지 요구받은 삶만을 사는 수동적인 삶의 방식도 몹시 싫었다. 그러나 조금씩 마음을 다스려가며 경전을 공부하고, 그러던 와중에 내 생각의 헛됨과 틀린 부분들을 많이 깨우쳤다. 다행히 지금 이 글을 쓰고 있는 나는 고통스런 시간을 견뎌낸 후에야 가질 수 있는 삶의 힘을 조금이나마 갖게 된 것 같다.

오랜 시간 괴롭게 인생을 살아왔어도 괜찮다. 지금부터 마음을 잘 쓰면 그간의 힘든 삶은 누군가를 살리는 거름이 될 것이기 때문이다. 살면서 곰삭지 않고 파릇파릇하기만 한 인생을 누가 믿겠는가. 세상에 썩은 것은 대개 다 버려지지만 이제부터라도 마음을 잘 쓰면 과거의 아픈 경험은 새로운 씨앗을 키워내는 거름으로 쓸 수 있다. 아프고 속이 썩어 문드러진 만큼 누군가를 살리는 귀한 거름이 될 것이라 나는 믿는다.

사람은 생각한 대로 변한다. 내 마음 씀씀이가 주위와

세상에 끼치는 영향력은 결코 작지 않을 것이다. 그러니 누군가 어떻게 마음을 다스려야 하냐고 물어오면 일단은 자신을 내세우려는 상부터 내려놓으라는 이야기를 떠올리면 좋겠다. 상을 내려놓아야 비로소 관계도 원만해지고 마음도 편안해질 테니까.

용의 형상을 한 흰 구름이 파란 하늘을 헤엄쳐간다.

시작의 고통은 기회가 된다

무려 2년 넘게 절밥 얻어먹으러 오던 길고양이가 꽤 오랫동안 보이질 않는다. 저도 양심은 있는지 설날 아침에 와서 몇 번 야옹거리고는, 주는 밥 먹고 눈 마주치며 내 말 몇 마디 들어주고 사라졌다. 그 뒤 두 달이 넘도록 여태 보지 못했으니 그게 마지막 인사였을까? 흔하디흔한 우리식 표현으로 '인연이 다했나' 보다.

요즘엔 인연이 다했나 싶은 것들이 종종 눈에 띈다. 낡아서 해진 옷을 보다가도 문득 사라진 세월을 느낀다. 오랫동안 해오던 일도 고정관념, 열등감, 우월감, 콤플렉스에

떠밀려 살아온 삶을 자꾸만 돌아보게 하고, 익숙한 일도 이젠 그만해야 하나 싶은 생각이 들기도 한다.

라디오 프로그램을 10년쯤 진행했다. 처음엔 매일 하는 프로그램이었는데 몇 년 전부터 주말에만 방송을 하고 있다. 매번 방송할 때마다 청취자 분들이 보내주는 문자를 보며 감사한 마음으로 일하지만 더러는 이 또한 인연이 다 되었나 싶을 때도 있다.

공자 말씀에 "인부지이불온人不知而不慍 불역군자호不亦君子乎", "비록 다른 사람이 알아주지 않아도 원망하지 않는 것이 군자다"라는 말이 있다. 물론 나야 군자는 못 되지만, 나이 먹을수록 남이 알아주는 것보다 스스로 충실한가에 잣대를 세우게 되었다. 그도 그럴 것이 누구처럼 별난 인기도 없었고, 말을 뛰어나게 잘하지도 못해서 방송 시작하고 초반 서툴렀던 기간 동안에 어지간히 고달팠기 때문이다.

불교에서는 인생을 '고해苦海'라고 한다. 말 그대로 '고통의 바다'라는 뜻이다. 자신의 경험을 바탕으로 보다 나은 길을 선택하는 것이 최선이지만 대개 경험은 미천한데 선택의 순간은 너무도 빨리 찾아와 사람을 당혹스럽게 한다.

오죽하면 감내하며 살아가야 할 세상, '감인토堪忍土'라는 의미로 '사바세계娑婆世界('사바'는 참고 견딘다는 의미의 산스크리트어 '사하'에서 유래했다)'라 칭하였을까.

사람은 생겨날 때부터 고통의 세계에 머문다. 엄마의 따뜻한 자궁을 행복의 근원지로 알고 있지만 배 속에서 점점 몸이 커질수록 주변 장기들에 눌려 엄마도 아이도 힘들다. 어디 그뿐인가. 세상 밖으로 나오게 되면 본래 부드럽고 따뜻한 양수 속에 있던지라 제아무리 고운 수건으로 감싸도 가시밭길에 놓인 것처럼 온몸이 아프다. 그래서 태어나자마자 그리 큰 소리로 울어댔나 보다. 충만한 사랑으로 모두 축복해주지만 사실 아기가 맨 처음 접하는 세상은 그저 춥고 아플 뿐이다.

자라나 처음 학교에 입학했을 때는 어떤가. 낯선 친구들과 잘 노는 아이들은 그리 많지 않다. 나의 경우엔 거의 말을 하지 않았고, 친구도 별로 없었다. 당연히 학교에 가기 싫었고, 세상 모든 일들이 하찮게 느껴졌으며, 몸도 아프고 악다구니 쓸 상황도 잦아 결국 세속을 등지고 출가의 길을 택했다.

낙엽이 흩날리던 어느 늦가을에 머리를 깎았다. 어찌나 머리가 시리던지 온몸이 와들와들 추웠다. 그런 와중에도 어른들은 모자를 못 쓰게 했다. 머리 깎고 모자 써버릇하면 일생 모자를 못 벗는다나. 그렇잖아도 머리가 '배' 속처럼 희다고 '백골'이라던 나의 민머리는 더 하얗게 질려버렸다. 머리만 깎으면 모든 게 해결되고 행복하다기에 출가했는데, 웬걸 이제 막 시작하는 출가자의 고통은 머리가 시려서 처음부터 이를 악물게 만들었다.

절밥 먹은 지 30년이 지난 지금 비로소 알았다. 시작의 고통이 클수록 인생의 밑거름이 충분해진다는 것을, 크게 넘어진 고통은 훗날 위기를 버틸 힘이 된다는 것을 말이다. 누군가에게는 새로운 시작의 문이 두려움일 수도 있다. 적응하기엔 너무나 큰 고통이 자신을 먼저 맞이할지도 모른다. 새 학교에서, 생애 첫 직장에서 경쟁과 희생을 강요받을 수도 있다.

설령 그런 상황에 놓일지라도 감정에 휩쓸리지 말고, 조금만 시간을 내어 내면을 바라보자. 진정한 깨달음은 늘 시간이라는 다리를 억지로 붙잡고 절뚝절뚝 뒤늦게야 찾아오는 법이니까. 상처투성이가 된 다음에야 자신을 연민의 눈으로 바라보며 미소 지을 수 있게 되는 것이 인생이니 말이다.

교토 에이칸도永觀堂에 가면 '뒤돌아보는 아미타불(미카에리 아미타불)'이 있다. 수만 번 자신의 명호를 애타게 부르며 법당을 돌던 불제자 에이칸永觀을 위해 아미타불이 높은 단에서 내려와 뒤따라 함께 걸었다는 유래를 가진 불상이다. 말하자면 미카에리 아미타불상에는 중생의 목소리에 귀 기울이고, 가여운 중생을 뒤돌아본다는 메시지가 분명히 담겨 있다. 《도다이지요록東大寺要錄》에 의하면 나중에 에이칸 스님이 절을 떠나게 되었을 때도 아미타불상이 그의 등에서 떨어지지 않았다는 이야기가 전해진다.

이런 불상이 있을까 싶어 직접 찾아가 보았더니 정말 거기 서 계셨다. 그 앞에서 가슴이 뭉클해져 밖에서 나오라고 부를 때까지 오래도록 서 있었던 기억이 난다. 어쩌면 나의 아픔과 밀린 후회까지도 아미타 부처님이 돌아봐줄지 모른다는 생각에.

새로 시작하는 시기엔 하루도 허투루 보내지 말자. 솔직하되 불평불만은 서랍 구석에 접어두도록 하자. 누구라도 처음엔 다 실수할 수 있는 거니까. 자신을 믿고 살다 보면 모두에게 다행스런 결말이 기다리고 있을 것이라 말해주고 싶다.

현재 머무는 곳에서 주인이 되는 법

책을 좋아하는 한 지인이 일본 교과서에 실린 수필이라며 《베갯머리 서책》 중 몇 장을 찍어 보내주었다. 법정 스님의 '무소유'를 연상케 하는 글이었다. 어디 보자. 내 서가 어딘가에 책이 분명 꽂혀 있을 텐데…. 결국 못 찾고 새 책을 샀다.

책 내용 중 '사계절의 멋'이나 '승려가 되는 길' 등은 출가자의 눈에 더 선명하게 그려진다. 좋아서 여러 번 읊조리며 읽었다. 이 책은 일본에서 공부할 때 친구들 소개로 대충 읽어보았는데 그땐 이만큼 마음에 와닿지 않았다. 아마도 당시 내 나이가 서른 즈음이었으니, 그때의 나이로 이해하기엔 작가의 관조적인 태도가 조금은 심드렁하게 느껴졌던 것 같다. 게다가 '승려가 되는 길'에 보면, "승려가 된 사람은 한시도 마음 편할 새가 없으니 얼마나 괴로울까? 하지만 이것도 옛말인 것 같다. 요즘은 너무 편해 보인다"라는 대목이 나온다. 다시 보아도 씁쓸하지만 거듭 수긍이 가는 것도 사실이라 복잡한 감정이 교차한다.

덕분에 출가 이후 지난 세월을 돌아보았다. 부끄러운 속내를 털어놓자면 나는 자주 길을 잃고 출가와 세속의 경계선 언저리를 헤매며 살아온 것 같다. 육신은 출가의 몸인데 마음은 여전히 욕망덩어리였으니 말이다. 이렇게 책을 쓰는 것도 어쩌면 세간의 경계선 어디쯤이리라.

잠이 덜 깬 채로 새벽에 겨우 일어나 습하고 둔탁한 공기 속에서 법당 문을 열었다. 이 각박하고 황망한 도심 한복판에서 살아가는 출가자의 삶이란 쉬이 걷히지 않는 아침 안개와도 같다. 나이 들수록 좋아했던 옛 지인들에게서 실망스런 모습도 보게 되고, 그런 모습을 발견할 때마다 상대도 나에 대해 그렇게 실망하겠지 싶어 의기소침해진다. 이럴 땐 역지사지가 어찌나 잘 되는지. 나 자신에 대한 혐오스런 자각이 밀려와 아침부터 슬퍼지곤 한다.

몸은 여기 있으나 마음은 주인공이 되지 못하고 저기 세속을 떠돌고 있으니, 지난날 나의 본체는 과연 어디에 머물렀던 것일까? 내 맘을 담은 듯 무문관 수칙에도 이와 비슷한 이야기가 나온다. '무문관 제35칙 천녀이혼無門關 第三十五則 倩女離魂'이 그것이다. 오조 법연 스님이 어느 스님에게 몸과 마음에 대하여 물었던 공안公案인데, 줄거리는 이러하다.

한 남녀 '천녀'와 '왕주'가 사랑에 빠졌는데 부모의 욕심으로 딸을 부잣집에 시집보내려다 사달이 난다. 사랑하는 사람과 맺어질 수 없게 되자 딸은 병에 들어 급기야 앓아누웠다. 시름시름 앓던 딸은 결국 모든 것을 버리고 사랑하는 사람과 함께 야반도주해 살게 된다. 이들은 알콩달콩 행복하게 살다가 5년 만에 고향에 돌아오게 되는데, 왕주는 고향에 돌아와 기절초풍할 얘기를 듣는다. 그들이 떠나서 행복하게 사는 동안 자신의 아내는 규방에 병든 채로 내내 누워 있었다는 것이다. 그럼 그동안 나와 함께 산 여인은 누구였단 말인가? 왕주는 사실 확인을 위해 함께 온 여인을 데리고 들어갔다. 그러자 방 안에 누워 있던 여인이 호로록 일어나 자신의 아내와 하나로 합일되었다는 귀신같은 이야기다.

법연 스님의 물음은 여기서 비롯된다. 자, 그렇다면 어느 것이 진짜인가? 규방에 누워 있던 여인이 진짜 천녀인가, 남자와 함께 도망가 살았던 여인이 진짜 천녀인가? 몸과 혼이 따로 떨어져 있었다면 어느 쪽이 진짜라고 할 수 있는가, 라는 물음이다. 참 난해한 질문이 아닐 수 없다.

사실 정답이랄 것도 없다. 다만 이 질문이 주는 교훈은 설법해주는 이마다 크게 다르지 않을 것이다. 바로 '주인공으로 살라는 것' 아니겠는가.

우리는 어느 누구와 함께 있어도 함께 있지 못할 때가 많다. 직장에서 일을 할 때도 몸은 직장에 있으나 마음은 집에 있고, 또 그와 반대인 경우도 다반사다. 어디에 있든지 지난 시절의 온갖 기억을 가져와 번민하고 괴로워한다. 오늘 아침에 있었던 일부터 작년에 있었던 일, 심지어 어려서 겪은 일들까지 꺼내가며 현재를 살지 못하고 과거에 붙잡힐 때가 많다.

출가한 나라고 별반 다르지 않다. 외부 환경에 흔들리지 않고 오로지 현재 머무는 곳에서 주인공으로 살기란 어려운 일이다. 분명한 것은 모든 문제는 우리가 과거에 붙잡혀 있다는 데 있다. 불안한 마음이 과거에 매여 자꾸만 비교하고 조급하게 만든다. 이런 마음이 사람을 괴롭히는 근원인데 말이다.

불교에서는 이 세상이 만들어지는 모습의 인과를 이렇게 본다. 마음이 선택하고 결정해서 행동으로 이어지고, 그것이 모든 결과를 이끌어낸다고. 육신이 여기 있어도 마음이 콩밭에 가 있으면 소용없다는 얘기다.

《베갯머리 서책》의 저자 세이쇼나곤에 의하면 봄은 동틀 무렵이, 한여름은 밤이, 가을은 해 질 녘의 정취가, 그리고 겨울은 새벽녘이 가장 좋다고 한다. 언제든 앞으로 다가올 날들이 좋다 하니 이제 그만 지나간 일은 묻어두자.

국화꽃 망념

법당을 장엄한 꽃이 며칠 못 가 금세 시들해졌다. 도량 가득한 국화 향기에 기가 눌린 것일까. 관상용 꽃이 제아무리 아름다워도 역시 가을 국화의 풍미에는 비할 바가 못 되는가 보다.

조석으로 꽃잎을 여닫던 청초한 연꽃이 지더니, 어느새 찬 서리 맞고도 기죽지 않을 국화가 피었다. 그 옛날 다산 선생은 "해마다 국화 분 수십 개를 길러 여름에는 잎을 보고 가을에는 꽃을 감상하고, 낮에는 자태를 밤에는 그림자를 사랑했다"(국영시서)던데, 나 또한 이 작은 암자에 색색의 국화를 들여놓았다. 오가는 이들과 신도들에게 잠시나마 여백의 시간을 주고자 함이다. 서정주의 시 〈국화 옆에서〉도 곁들여 써두었다.

한편, 서산 대사는 국화와 소나무를 심어놓고 세상 사람들에게 색色이 곧 공空인 줄 알게 하기 위함이라 했는데, 그분의 '재송국栽松菊'은 아직 내겐 먼 이야기다. 어쨌거나 국화도 환히 필 때까지는 힘겨운 계절의 순환이 필요했는데 적어도 감상할 겨를은 있어야 하지 않겠는가.

가을이 오면 나는 이따금 러시아에서 걸었던 자작나무 숲길이 떠오른다. 바이칼 호수로 가던 중 이르쿠츠크 어디쯤이었다. 쓸쓸한 자작나무 숲길을 걸으며 이상하리만치 마음이 평온했다. 숲속에 갇혔는데 세상과 동떨어져 있어서인지 마냥 행복하고 가벼웠다. 영화 〈닥터 지바고〉의 '라라의 테마'를 흥얼거리며 라라처럼 걸었던 기억이 난다. 이 글을 쓰는 이른 아침, 마침 라디오에서 차이콥스키의 '바이올린협주곡 35번'이 흘러나온다. 추억의 향을 진하게 해주니 이 또한 고맙다.

광활한 러시아에서 시베리아 횡단열차가 안겨주는 불편함을 모두 잊게 해주었던 자작나무 숲길이 작은 암자의 추국秋菊 너머로 끝없이 펼쳐진다. 오래 머물고 싶은 망념이다. 친절한 망념은 머지않아 그리움이 되고, 그리움은 곧 번뇌가 되니 일렁이는 번뇌를 잠재우느라 오늘은 한참을 헤맬 모양이다.

번뇌가 많을수록 인생의 고통 또한 차곡차곡 쌓이는 법. 번뇌로부터 자유로워지려면 대상이 무엇이건 집착하지 않아야 한다. 집착하면 고통이요, 놓아버리면 편안해진다. 그런데 계절로 보면 놓아버리기 힘든 때가 가을이기도 하다. 결실의 계절인 만큼 결과물들이 속속 드러나는 시기라 더 그런지도 모르겠다. 그러므로 가을은 사람들에게 쉬이 상실감을 안겨준다. 크고 작은 결과물들이 서로 비교가 되고 상처가 되어 삶을 고되게 만들기 때문이다.

생각해보면 우리가 그토록 갈망하는 자유로운 삶으로부터 멀어지게 하는 것은 결국 '자기 자신'이다. 괴로울 게 불 보듯 뻔한데도 악습을 반복하며 살아가고 있다. 오랜 관성이요, 업의 고리다. 자신의 이기적 욕구와 허상이 혼란과 고통을 가중시키는 줄 알면서도 자기 주관에 따라 좋고 싫음의 분별을 한다. 또한 도덕적 의지가 약해질수록 인간의 이중성은 더욱 커지게 마련이다.

미국의 루스 베네딕트가 1946년에 출간한 《국화와 칼》이라는 책이 있다. 예의 바르고, 탐미적이기까지 한 일본인 속에 잔인한 칼이 들어 있다며 그들의 이중성을 말해주는 책이다. 그러나 어디 일본인뿐이겠는가. 이중적 성품은 국적이나 민족, 신분을 특정하지 않는다. 그래서 불교는 '출생을 묻지 말고 행위를 물으라'고 가르친다. 어떤 나무를 태워도 똑같이 불이 생기는 것처럼 그게 누구든 행위에 따라 격이 달라질 뿐이라는 가르침이다.

국화꽃 망념이 여기까지 이르렀을 때 "가을이 사라지는데 뭐하니?" 한 스님이 물었다. 그 말에 사로잡혀 불현듯 떠오른 이가 있어 통도사로 향했다. 명산대찰이라더니, 영축산과 통도사가 이리 굵직하고 멋진 도량이었나 깜짝 놀랐다. 학인 스님들을 담은 사진전도, 어여쁜 국화도 미소짓게 했다. 운이 좋아 자장암에서는 만나기 어렵다는 금와

보살도 친견했고, 서운암의 푸른 산줄기는 바람만큼이나 시원했다. 스님들과 어울려 마신 차도 고상하게 솟은 소나무를 닮았다. 고결하면서도 담백했다.

마지막으로 화엄의 대가 용학 스님의 시 '사국여향謝菊餘香'을 남긴다. 오늘 내 망념의 끝은 여긴가 보다.

가을볕은 고요히 맑은 연못으로 스미고 秋日寂然玉水池
국화는 찬 이슬 머금고 난만히 어울렸네 金花爛漫傲霜時
온 산 가득한 풍엽은 솔바람이 씻어주니 滿山紅葉松風灑
시든 국화 넉넉한 향기 옛 벗은 알리라 謝菊餘香舊友知

인생의 마지막 페이지

손가락만 한 장대비가 우악스럽게 쏟아져 기왓장 두드리는 소리가 온천지에 가득하다. 기울어진 암자를 걱정할 일만 없다면야 도시에서 듣는 한옥 지붕의 빗소리도 꽤나 낭만적이었을 텐데, 대지를 적셔 열기를 식히고 생명을 키우는 빗님이라며 편히 감상했을 텐데, 그런 면에선 낡은 암자에 사는 것이 못내 아쉽다. 연일 비에 불안한 밤을 보내고, 절이 위험하니 어디로 피해야 하지 않을까 구시렁댔다. 내 볼멘소리에 도반 스님은 그냥 인연 따라 죽으면 된다며 웃어넘겼다. 세상사 차라리 그렇게 끝나면 고맙지만 목숨이란 게 본디 덧없긴 해도 질기고 모진지라 바라는 대로 쉬이 끝나지 않으니 문제인 게다.

절에 찾아오는 이들 가운데 99세 되는 분이 계셨다. 검버섯 하나 없는 맑은 얼굴로 나만 보면 "스님 나 언제 죽어요? 나 왜 안 죽어요?" 묻는 분. 목소리만 들으면 10년은 거뜬히 더 사실 것 같아 "100세 되시면 절에서 생신 파티 해드릴 테니 건강하게 지내세요" 대답했다. 98세 되던 작년까지는 지하철을 두 번 갈아타고 오셨는데, 올해는 힘들어하시는 게 보여 손에 차비를 꼭 쥐어드렸다. 다음엔 택시 타고 오시라고.

그러고 보니 진시황은 13세에 왕위에 올라 그때부터 오래 살 마음에 자신의 능을 만들기 시작했다고 하는데, 그에 비하면 보통 사람들은 살 때는 죽음을 피하거나 늦추려 해도 정작 나이 먹고 힘들면 죽고 싶다고 말한다. 대체 인간에게 죽음이란 무엇일까.

죽음을 주제로 연구하고 강의하는 철학자 셸리 케이건은 이렇게 말한다. "인간은 기계에 불과하다. 물론 일반적인 기계가 아니라 '놀라운' 기계다. 우리는 사랑하고, 꿈꾸고, 창조적인 능력을 발휘하는 기계다. 계획을 세우고 이를 다른 사람들과 함께하는 그런 기계다. 우리는 '인간'이라는 기계다. 그리고 기계가 작동을 멈추는 순간 모든 게 끝난다. 죽음은 우리의 머리로 이해할 수 없는 거대한 신비가 아니다. 죽음은 결국 컴퓨터가 고장 나는 것과 다를 바 없는 현상이다. 모든 기계는 언젠가는 망가지게 되어 있다."* 그는 몸이 갖는 고차원적 기능을 말하며 그 기능이 멈춘 것을 죽음으로 설명한다. 무상함도 측은함도 없는 객관적 통찰인 셈이다.

불교는 죽음에 대해 인연이 다하면 지수화풍地水火風으로 흩어지듯, 몸도 마음도 조건 따라 모였다 사라지는 '공'의 논리로 설명한다. 그러니 생에 집착할 바도 두려워할 바도 없다고 말이다. 그래서 나 또한 쉬운 말로 자기 자신을 잘 챙기면서 인연 따라 지혜롭게 복 지으며 살다 가시면 된다고 말하곤 한다. 주어진 인연을 받아들이고 삶을 즐기라던 장자의 '수연낙명隨緣樂命'과도 살짝 궤를 같이한다 하겠다.

아무튼 기분 좋게 손 흔들며 산문 나서던 노보살님은 두어 달 전부터 몸이 안 좋다며 절에 오지 못했다. 오시지 말

* 셸리 케이건, 《죽음이란 무엇인가》(웅진지식하우스, 2023)

고 집에 계시라고 했는데 요 며칠은 거동까지 불편한 모양이다. 자식이 있어도 혼자 사는 게 속 편하다며 나와 계시니, 홀로 감당해야 할 몫이 커 보인다.

알다시피 절에는 어르신들이 많이 온다. 어르신 모시고 가족이 함께 절에 오는 일은 드물다. 안타깝게도 49재나 되어야 겨우 모인다. 재를 지내는 나도 얼굴을 모르다가 그제야 비로소 '평생 저 가족을 위해 노보살님이 그리 정성껏 기도하셨구나' 알게 된다. 내가 청룡암에 온 지도 햇수로 6년이 지났다. 그사이 어르신들의 노쇠함도 더 짙어졌다. 그래서 자주 보이던 얼굴이 안 보이면 덜컥 걱정이 된다. 지난 칠석에는 '수명장원壽命長遠 복혜구족福慧具足'을 붓으로 써서 나눠드렸다. 나의 글씨 따위에 어떤 특별한 힘이 있겠냐마는 효의 농도가 묽어지는 세상에서 복과 지혜로 아름다운 노후를 보내시라고 드린 나름의 정성이다.

예로부터 인도인들은 인생을 4주기Asrama로 나누어 생각했다. 우선 어려서는 스승에게 가르침을 받는 배움의 시기(학습기), 성장해서는 가정을 이루어 사회적인 의무를 다

하는 시기(가주기), 수행하며 숲에 머무는 시기(임서기), 삶을 정리하는 시기(유행기)가 그것이다. 그들은 오랜 세월, 인생의 마무리를 '어디서 와서 어디로 가는지' 통찰하며 마음 공부에 힘쓰다 갔다.

불교 10대 존자인 협존자는 무려 81세에 출가했다. 처음 출가했을 땐 다 늙어 출가하니 주위에서 갈 곳이 없어 출가했다는 둥, 먹을 게 없어 출가했다는 둥 말이 많았다. 하지만 그는 노구에도 불구하고 지친 몸을 쉬지 않았다. 옆구리를 바닥에 대지 않아 협脇존자라 불렀을 정도다.

내가 그를 높이 평가하는 건 그 나이에도 스스로의 의지로 출가하고, 수행하고, 열반에 들었기 때문이다. 젊든 늙든 자신의 의지대로 살 수 있어야 진정한 자기 인생이라 할 수 있지 않겠는가. 인생에서 내 의지대로 산 날을 생각해보라. 과연 몇 년이나 내 맘대로 살아왔으며, 또 앞으로 살 수 있을까. 그리 길진 않을 것이다. 그마저도 내 의지는 커녕 아무런 의식도 없이 대부분을 흘려보낸다. 나이가 들면 그 시간이 가장 아깝다. 넋 놓고 산 시간들 말이다.

특히 인생의 마지막 페이지를 스스로 결정하고 마무리

지을 수만 있다면 가장 큰 복일 것이다. 협존자처럼 생을 건 결단은 아니더라도, 호들갑스럽게 좋은 약과 보양음식으로 생명을 연장하는 것이 아니라 삶과 죽음을 이해하고 미련도 원망도 남기지 말고 모두가 선업善業으로 마무리하면 좋겠다. 끝으로《화엄경》'보살명난품'의 말씀을 남긴다.

듣는 것만으로는 진리를 알 수가 없다.
이것이 구도의 진실한 모습이다.
맛있는 음식을 보기만 하고 먹지 않아
굶어 죽는 사람이 있듯이,
듣기만 하고 실천이 따르지 않는 사람들도 그와 같다.
백 가지 약을 잘 알고 있는 의사도 병에 걸려 낫지 못하듯이
듣기만 하는 사람들도 그와 같다.

가난한 사람이 밤낮을 가리지 않고
남의 돈을 세어도 자기는 한 푼도 차지할 수 없듯이
듣기만 하는 사람들도 그와 같다.
장님이 그림을 그려 남들에게는 보일지라도

자기 자신은 볼 수 없듯이, 듣기만 하는 사람들도 그와 같다. 그러니 오로지 굳은 결심으로 정진에 임하라.

내가 정한다

인생은 끊임없는 선택의 연속이다. 점심에 뭘 먹을지 생각하고 선택하는 것처럼 사소한 일뿐만 아니라, 저 사람을 만날지 말지, 이 길을 갈지 말지, 헤아릴 수 없이 많은 선택의 연속이 모여 인생을 만든다. 어려서는 간혹 어머니, 아버지가 그 길을 정해주었고 결정해서 알려주기도 했다. 그러다 자라면서 점점 선택에 익숙해지고, 더러는 선택하지 못해 헤매기도 하며, 나름대로 시시각각 선택하고 그 결과대로 움직여왔다. 중요한 것은 인생에서 그 모든 결정을 결국 자신이 한다는 점이다. 이 길을 선택하든 다른 길을 선택하든 관계없이 말이다. 이것은 곧 내가 내 삶의 주인이라는 얘기다. 그러므로 시작도 과정도 결과도 자기 자신이 짊어져야 마땅하다.

행복에도 불행에도 흔들리지 않고

산도 잠든 고요함 속에서 목탁 소리가 울려 퍼진다. 작은 소리에서 시작하여 점점 큰 소리로, 큰 소리에서 시작해서 점점 작은 소리로. 마치 인생의 큰 흐름처럼 오르락내리락하다가 뚜벅뚜벅 걸음 걷듯 일정한 소리로 우리들을 기다려준다. 부스스 일어나 눈을 비비며 불을 켠다. 잠들었던 방도 깨어나고, 법당도 마당도 탑도, 마지막 산문까지 온 도량이 깨어나 하루를 준비한다.

서서히 법당에 스님들이 모일 시각이 되면 '딱딱 딱딱' 법고가 울리기 시작한다. 그 소리에 뒷산도 앞산도 꿈틀꿈

틀 깨어나는 듯하다. 물고기 모양의 목어를 두드려 계곡을 깨우고, 구름 모양을 닮은 운판도 두드려 숲속의 새들을 깨운다. 이어서 스물여덟 번의 범종이 울려 퍼지면 먼 마을의 잠자던 닭과 개와 소가 눈을 끔벅거리며 일어난다. 저녁에는 스물여덟 번이 아니라 서른세 번을 친다. 범종이 울릴 때, 범종 건너편에 서서 그 울림을 온몸으로 받아본 적이 있다. 눈을 감고 범종의 울림과 하나가 되던 날, 물아일체를 그때 처음 경험한 것이 아닌가 싶다. 이들의 울림 소리가 끝나기 전에 법당 안에 스님들이 다 모이면 예불이 시작된다.

이렇게 도량을 깨우고자 울리는 것들을 사물四物이라고 한다. 이는 천상의 세계뿐만 아니라 물속에 사는 생물들과 허공을 나는 생물들, 가축들과 지옥에서 괴로워하는 모든 이들까지 이 소리를 듣고 고통을 여의라는 의미에서 매일매일 울려 퍼진다. 출가자의 모든 행위는 그 시작도 끝도 모든 존재의 고통을 소멸시키고자 하는 '자비'뿐이다.

반면, 일반인들이 살아가는 세상은 어떠한가. 도시에서의 새벽은 새날이 아니라 아직 어제의 연장인 경우가 많다. 고통을 지우기 위해 사람들은 밤을 새우고, 영혼이 빠져나간 얼굴로 쾌락을 좇느라 날짜를 잊는다. 물론 이른 새벽부터 일터로 향하는 이들도 많고, 새벽부터 경쟁 속으로 뛰어들어 치열하게 사는 이들도 많다. 수능시험 준비, 입사 준비 등등 젊은이들은 자신을 그림자처럼 따라다니는 사람들의 시선을 견디며 아슬아슬하게 살아간다. 대체로 이러한 풍경이 우리가 발 딛고 사는 도시의 실상이다.

특히 살아가면서 겪게 되는 수많은 비교와 경쟁이 마음을 황폐하게 만든다. 남들만큼 하기 위하여, 아니 남들보다 더 잘하기 위하여 지독하게 노력하지만 결과는 원하는 대로 되지 않는다. 이기기도 하고 지기도 한다. 경쟁에서 지는 것을 좋아하는 사람은 없을 테지만 인생에서 내가 지거나 떨어지는 일은 결코 피할 수 없는 숙명이다. 그런데도 받아들이기는 쉽지 않으니 마음 비우기가 그만큼 어렵다. 옛날보다 더 많이 가지고 풍요로운 삶을 살아도 마음은 더 허전하고 힘들게 느껴지니 말이다.

삶에서 가졌던 것을 움켜쥐고 놓지 않으려 발버둥 치는 것이 얼마나 어리석은 일인지 세상을 살면 살수록 절실히 느끼는 요즘이다. 돈도 명예도 권력도 마찬가지다. 부여잡으려 하면 할수록 멀어지는 것이 생의 이치다. 사람들로부터 거부당하고 미움까지 받으면서도 탐욕을 내려놓지 못하는 걸 보면 그놈의 욕심은 끝도 없고 질리는 법도 없이 평온한 삶을 공격한다.

비워내면 홀가분할 텐데도 몸부림치며 붙잡으려는 욕망 때문에 우리 삶은 고달프다. 마치 행복한 시절에 대한 집착 때문에 어려운 시절에 느끼는 고통이 가중되는 것처럼 누구도 탐욕에서 자유롭지 못하다. 출가한 나라고 별수 없다. 세속을 떠나 살면서도 나는 행복과 불행이 뒤섞이는 걸 자주 경험한다. 도대체 이 행복과 불행은 왜 이렇게 자주 뒤섞이는 것일까? 왜 이랬다저랬다 하는 것일까? 사바세계의 고통바다를 건너는 무슨 공식이라도 되는 것일까?

불교 경전에 이런 이야기가 있다. 어느 날 밤, 홀로 사는 한 남자의 집에 절세미인이 문을 두드린다. 누구냐고 물으니 집안에 행복과 재물을 불러주는 행운의 여신 '공덕천'이란다. 남자는 뛸 듯이 기뻐하며 그녀를 맞아들인다. 그런데 바로 뒤에 아주 추한 모습을 한 여인이 뒤따라 들어왔다. 그녀가 풍기는 악취에 남자는 기겁을 하며 누구냐고 물었다. 자신은 불행을 주는 어둠의 신 '흑암천'이란다. 남자가 깜짝 놀라 당장 나가라고 소리치자 여인이 말했다. "당신은 어리석군요. 앞서 맞이한 여인은 제 언니예요. 우리는 늘 함께 다닌답니다. 그러니 저를 쫓아버리면 언니도 이 집에서 나와야 해요." 남자가 공덕천에게 사실인지 물으니 사실이라 답한다. 남자는 고민하다 결국 둘 다 내보낸다. 행운을 주는 공덕천보다 불행을 주는 흑암천이 더 큰 영향을 끼쳤나 보다. 그 후 두 자매는 다른 집을 찾아가는데, 그 집 주인은 둘 다 흔쾌히 받아들였다. 사람마다 받아들임은 다르지만 공덕천과 흑암천, 복과 화는 늘 함께한다는 얘기다.

인생에 좋은 일만 있는 사람도 없고, 나쁜 일만 있는 사람도 없다. 좋은 일과 나쁜 일이 함께 오기도 하고, 순차적으로 오기도 한다. 사람마다 다르겠지만 어쩌다 찾아오는 기쁨이 자주 찾아오는 슬픔을 누르고 고통의 시간을 씻어준다 느끼는 이도 있고, 나이를 먹어보니 자신을 괴롭히던 일들이 준 괴로움이나 상처가 어느 정도 내 삶에 필요했던 것이로구나, 라며 어른스럽게 받아들이는 사람도 있다.

하지만 안타깝게도 우리의 마음은 습관적으로 불행과 고통을 행복보다 더 먼저, 더 많이 인식하는 버릇이 있는 것 같다. 총량만 보면 행복한 일이 불행한 일보다 훨씬 더 많을 수 있는데도 우리의 의식은 온통 안 좋은 일, 아깝게 놓쳐버린 일에만 집중되어 있지는 않은가.

내게도 그런 일이 있었다. 박사학위 심사가 통과됐다는 소식이 전해진 날이다. 당시 나는 임종을 앞둔 어머니의 병상을 지키고 있었다. 폐암 말기의 어머니를 보며 가슴이 갈기갈기 찢겼다. 그때의 내 심경을 실학자 이덕무의 글로 대신 전하자면 이러하다.

세속에서 하는 대로 덕담을 하고 吉語任俗爲
사람 보면 웃는 얼굴로 축하한다네 笑顔逢人祝
소자의 소원은 무엇이던가 小子何所願
자애로운 내 어머니 폐병이 낫는 것일세 慈母肺病釋

유학을 끝내고 한국에 돌아가면 가끔이라도 어머니를 만나 뵈며 살아야지 다짐했는데, 폐암에 걸린 어머니는 출가한 자식을 기다려주지 않았다. 세월이 무정했고, 당시에는 약속한 일들도 왜 그리 많았던지…. 그해 겨울은 내내 슬펐다. 감정이 격해지면 되레 덤덤해진다던가. 학위 수여식 날, 가사장삼을 수하고 굳은 표정으로 학위를 받아 든 내게 어느 선생님이 다가왔다. 소식을 들었는지 위로의 말을 건네주었다. "내가 살아보니 행복한 일도 불행한 일도 함께 오는 것 같습니다. 이미 일어난 일을 되돌릴 수는 없으니 그저 받아들여야 하지 않겠습니까. 다만 지금은, 지금 이 순간의 기쁨을 즐겼으면 좋겠습니다. 박사학위 수여를 진심으로 축하합니다."

고통에만 매몰되어 있던 내게 선생님은 내가 놓친 순간의 행복을 정중한 음성으로 일깨워주셨다. 물론 고통을 인식한다는 것은 매우 중요하다. 병든 육신도 아픔을 느껴야 빨리 치료할 마음을 낼 수 있는 것처럼. 통증 없는 병이야말로 늦게 발견되고 그만큼 손쓰기도 어려우니 더 위험하다. 그러나 이것이 생존을 위해 꼭 필요한 일이라 할지라도 삶이 온통 고통에만 집중된다면 어떻게 되겠는가? 아마도 고통에 치여 자신이 누릴 일상의 소중한 순간들을 영영 놓쳐버릴지 모른다.

욕망으로 가득한 인간들은 끊임없이 뭔가를 이루고자 한다. 바라는 바가 이루어지지 않을 때마다 불행하다고 느낀다. 설령 꿈과 희망을 이루었다 해도 만족감이 오래가지 않아 괴로워한다. 속으론 경쟁자의 불운을 끄집어내어 왜곡하며 다른 사람의 불행을 바라기도 한다. 조지 버나드 쇼의《인간과 초인》중 인생에 대한 구절이 떠오른다. "삶에는 두 가지 비극이 있소. 하나는 마음속 욕망을 잃는 것이고 또 하나는 그걸 이루는 것이오." 이 또한 같은 맥락이다.

행복도 왔다가 가고 불행도 왔다가 가버릴 뿐이다. 부여잡고 있지 않아도 시간은 흘러간다. 인생은 때론 좋기도 하고 때론 불행하다. 그러다 세월이 흐르면 저절로 거리가 생기고, 대체로 보통의 일상으로 돌아간다. 그러니 괴로운 감정을 내세워 불행을 더 크게 키울 일이 아니다. 내면의 조언에 귀 기울여보는 편이 훨씬 순조롭게 인생의 고비를 넘기는 방편이 될 수 있다. 이렇게 혼잡한 세상에선 마음의 안정이 무엇보다 중요하다. 상황에 흔들리지 않는 한결같은 마음으로 자신을 믿고 자신에게 의지하여야 한다.

부처님의 유언

아난다(부처님의 수발을 들던 제자)야,

나는 이제 늙어 삶의 마지막 단계에 이르렀다.

내 나이 지금 팔십이 되었구나.

마치 낡은 수레가 가죽 끈의 힘으로 가듯이

여래의 몸도 가죽 끈의 힘으로 가는 것 같구나.

아난다야,

눈에 보이는 어떤 것에도 주의를 기울이지 않고

모든 느낌을 소멸하여

여래는 형상을 떠나 선정에 머문다.

오직 이때 여래의 마음은 더욱 안온하다.

그러므로 아난다야,

자기를 섬(의지처)으로 삼고

자신을 귀의처로 삼아

다른 것을 귀의처로 삼지 말라.

가르침을 섬으로 삼고

가르침을 귀의처로 삼고

다른 것을 귀의처로 삼지 말라.

이러한 수행자는

열심히 정진하는 최상의 수행자가 될 것이다.

쌍윳따니까야(초기경전) 47 중에서*

* 일아, 《한 권으로 읽는 빠알리 경전》 (민족사, 2008)

오래된 인연에 감사하며

며칠 전 한 스님과 통화하다 환생에 관한 이야기를 들었다. 그 스님의 어머니가 돌아가시고 얼마 안 돼 동생이 결혼을 해서 조카가 태어났는데 얼굴 생김새는 물론이요, 커 갈수록 하는 행동이 어머니와 꼭 닮았다는 얘기였다. 말투와 행동이 어머니 살아생전처럼 똑같이 하는데, 아마도 모친의 환생인 듯싶다며 스님은 신기해했다.

믿지 않는 사람에게는 코웃음 칠 소리겠지만 사실 이런 얘기는 불가에서 흔하다. 환생을 따지지 않아도 먼저 떠나간 소중한 인연이 다시 태어나 내게 온 것 같다는 얘기 말이다. 머리로 생각하는 것보다 실제 겪어보고 느끼는 것이 더 강렬해서 자신도 모르게 '혹 그 인연인가' 하게 되는 일이 더러 있다. 내 삶의 편린들만 돌아보아도 인연이란 참 알 수가 없다.

전생 일은 금생을 보면 알 수 있고, 내생 일도 금생을 보면 알 수 있다던데, 전생의 나는 뭐였으려나? 빙글빙글 또 공상 속을 기웃거렸다. 전생까지는 모르겠고 얼마 전 기이한 인연을 만나긴 했다. 일본 유학 시절, 우연히 내 이삿짐을 날라준 유학생들을 20년 만에 다시 만난 일이다.

내가 살고 있는 청룡암에 별채를 개조하여 최근에 다실로 꾸몄다. 이름하여 '환희당(기쁘고 행복해지는 집)'이다. 다실이 완성된 후 이곳에 옛 신중탱화(불법을 수호하는 신중의 그림)를 꺼내 모셨다. 예전에 살던 스님이 오래된 탱화를 떼어내고 새로 조성하여 법당에 모시는 바람에 옛 탱화는 천에 싸인 채 벽 뒤에서 삭아가고 있었다. 요사채(스님들 처소) 보수 공사를 하다가 발견해 꺼냈는데, 과연 복원 작업이 시급한 상태였다. 아는 스님께 탱화 봐줄 분을 소개해달라고 부탁했다. 그랬더니 함께 온 교수님들이 놀랍게도 20년 전 내 이삿짐을 날라준 유학생들이었던 것이다.

반가움에 한참을 추억 이야기로 시간을 보냈다. 더 놀라운 것은 자신들이 처음 그린 작품이 우리 절에 모신 새 신중탱화였다는 사실이다. 세상에 이런 일이 있구나 싶었다. 인연은 이렇게 다시 만나게 되어 있나 보다. 탱화 밑을 살펴보니 정말 그분들의 이름이 적혀 있었다. 몇 년을 그곳에 살면서도 그 이름들을 대충 보고 넘겼던 것이다. 자신들이 처음 그린 불화가 이곳 신중탱화였고, 이제 다시 복원할 불화 역시 자신들이 직접 떼어 낸 이 암자의 옛 신중탱화인 셈이다. 게다가 무슨 인연인지 20년 전 딱 한 번 만나 이사를 도와준 스님이 하필이면 이 절을 맡고 있으니, 기이한 인연이 아닐 수 없다.

요즘엔 세상이 하도 빨리 변해서 과보도 5G 속도로 받는다는 우스갯소리가 있다. 전생에 지어 이생에 받는 과보가 아니라, 돌아서면 받는 그런 신속한 인과의 시대를 산다고 말한다. 물론 20년이면 그리 빠른 것도 아니지만 그래도 우리는 이게 무슨 인연의 힘이 아닐까 생각했다.

"그리워하는데도 한 번 만나고는 못 만나게 되기도 하고, 일생을 못 잊으면서도 아니 만나고 살기도 한다"는 피천득 선생의 유명한 '인연'도 있지만, 요즘엔 다들 냉철해서 그런지 만남과 이별도 폐기 처분하듯 빨리 흘려버리는 듯하다. 하지만 분명한 건 한 송이 꽃을 피우기 위해서도 들여야 할 품이 적지 않듯, 좋은 인연에도 많은 공이 필요하다는 것이다. 인과가 빠르든 느리든 적어도 최소한의 존중과 배려가 필요할 테고, 그래야 인연의 끝도 좋은 법이다.

현대인들은 고운 인연을 맺으려 해도 퍽 예민하다. 농담을 건네기도 쉽지 않고, 운치 있는 망상을 나누는 시간에도 눈치를 보게 된다. 물론 번거로운 일에 스트레스도 많으니 이해는 간다. 하지만 개인적인 성향이 강해져 더불어 사는 마음 자세가 점점 더 옅어지니 앞으로가 걱정이다.

달라이 라마 존자께서 말씀하시길 "우리는 지나치게 예민하고 작은 일에 과민하게 반응하며, 가끔은 모든 것을 너무 개인적인 지적으로 받아들여 아픔과 고통을 가중시킨다"*고 했다. 그렇다. 나만 보아도 인생의 많은 날들을 피

* 달라이 라마·하워드 커틀러, 《달라이 라마의 행복론》(김영사, 2001)

로에 지쳐 까다롭게 군 것 같다. 신경초처럼 과민해서 좋을 게 없는데 가시 돋친 채 사는 날들이 많았다. 그런 이유로 다른 사람들과 원만하게 살아내질 못했다. 용모가 떨어지는 것도 아니고, 지식이 짧은 것도 아니고, 재주가 없지도 않은데 말이다. 부끄럽기 짝이 없는 모습이었다.

혹 자신의 삶의 태도가 이기적이거나 지나치게 개인주의적인 성향이라면 빨리 빠져나오자. 자신을 위해서도 이웃을 위해서도 그런 삶의 태도는 별로 도움이 안 된다.

그렇다고 개성을 없애라는 것은 아니다. 자신의 아픔만 쳐다보지 말고 남의 아픔도 볼 줄 아는 사람이 되었으면 하는 바람에서 하는 말이다. 따사롭게 만물을 보듬는 저 맑은 해처럼, 풍요로운 가을 달처럼 넉넉하게 서로를 비추며 살았으면 좋겠다.

2장

서로에게 기대어 기둥이 되어주고

마음 터놓을 동행이 있는가

나무아미타불 나무아미타불….

책을 읽는 것도 글을 쓰는 것도 그저 고단하게만 느껴지는 만추의 밤. 오늘은 저 달이 나의 벗이로구나. 찬 기운을 옷깃으로 누르고 법당 앞 탑전을 서성이니 둥근달이 한 뼘 더 가까워진다.

저것은 달인가, 거울인가, 아니면 염라대왕의 업경대인가. 그리운 마음으로 바라보니 추억을 비추고, 마음을 돌이켜 가다듬으니 비구니 스님의 단아한 마음을 비춘다. 달은 그저 똑같은 달일 뿐인데 저 혼자 이랬다저랬다 하니 나도 모르게 헛헛한 미소가 지어진다.

10월 내내 도량을 곱게 장엄했던 색색의 국화도 어느덧 잎이 마르고 향기만이 남아 다가온다. 차가운 달빛 아래 맞이하는 만추의 농염한 국향이라니. 모든 것을 내려놓은 줄로만 알았더니, 늦가을에 외롭지 말라고 애써 곁에서 동행해주는 느낌이다. 아무래도 이 밤 또한 쉬이 잠들긴 그른 모양이다. 《베갯머리 서책》에 이르길, '늦은 밤에도 잠 못 이루는 승려는 불안'한 법이라던데, 만추에 잠 못 이루는 나 자신이 그 불안하고 못난 승인 게다.

기실 달구경이나 하며 넋두리할 때는 아니다. 절집에선 동안거冬安居가 시작되었으니 말이다. 동안거란 음력 10월 15일부터 이듬해 1월 15일까지 3개월 동안 스님들이 수행에 전념하는 기간을 말한다. 바깥일이 많은 내겐 그리 큰 영향은 없지만, 그래도 안거는 수도승에게 큰 울타리가 되어준다.

동안거를 나기 위해 스님들이 각자 원하는 처소에 운집했다. 선원禪院에는 참선할 스님들이, 강원講院에는 간경看經할 스님들이, 기도처에는 기도할 스님들이 모였다. 다행히 그곳에는 함께하는 도반道伴이 있다. 도반이란 함께 도를 닦는 벗, 수행길의 동행을 말한다. 부처님께서는 도반을 가리켜 출가자가 걸어가는 이 길의 전부라고 하셨다. 도반들끼리는 서로 탁마하며 격려해주고, 힘이 되어주기에 그렇다. 생각해보면 우리는 평생 누군가와 함께한다. 매순간은 아니어도 시시때때로 동행이 존재한다. 일상에서의 동행뿐만 아니라 이국땅에서는 낯선 외국인이 동행이 되고, 우연히 기차 옆자리에 앉은 이가 동행이 되며, 앞에서 강의를 듣던 사람이 동행이 되기도 한다. 그리고 더러는 저승길에도 동행이 있다고 한다. 먼 길 힘들지 않도록 함께 가는 길동무인 셈이다.

'백아절현伯牙絶絃'이라 했던가. 이쯤에서 《여씨춘추》에 나오는 고사를 꺼내지 않을 수 없겠다. 별빛도 사라진 깜깜한 그믐밤, 백아가 어둠 속에서 은은한 달빛을 연상하며 거문고를 뜯는데 그의 벗 종자기가 말했다. "아, 달빛이 참으로 곱구나." 종자기는 백아가 어떤 곡을 연주하든 마음을 꿰뚫어 소리의 뜻을 알았다. 어느 날엔 태산을, 어느 날엔

출렁이는 강물을 알아차렸다. 그런 벗이 죽자 백아는 그의 무덤가에서 구슬픈 곡을 연주하고는 다시는 거문고를 타지 않았다고 한다.

좋은 일이나 불행한 일에 함께 웃고 우는 지음知音이 있다면 더할 나위 없이 좋겠지만, 그러기엔 세상은 혼잡하고 시끄럽고 각박하며 인정 사나울 때도 많다. 그러니 마음 터놓고 속을 나눌 동행이 있다면 행복한 일이리라. 그만큼 내가 짓는 인연 또한 소중할 터이고.

《법구비유경》에 이런 글이 있다.

> "무엇이든 본래는 깨끗하지만, 모두 인연 따라 죄와 복을 일으키게 된다. 현명한 이를 가까이하면 도의 뜻이 높아지고, 어리석은 이를 가까이 하면 재앙이 온다. 마치 향을 쌌던 종이에서는 향내가 나고, 생선 묶었던 새끼줄에서는 비린내가 나는 것과 같아서, 차츰 물들어 친해지면서도 사람들은 그것을 깨닫지 못한다."

그렇다. 새들도 숲을 가려 내려앉는다는데 하물며 사

람은 어떠하랴. 살아가면서 누구와 인연을 맺고 동행할지는 매우 중요한 일이다.

어느 쓸쓸한 가을날 〈만추〉라는 영화를 본 적이 있다. 어머니 장례식에 참석하기 위해 수감된 지 7년 만에 특별 귀휴를 받은 여자와, 누군가에게 쫓기는 남자의 동행을 다룬 영화다. 제목에 끌려서 봤는데 여배우의 스산한 표정과 쓸쓸한 음색이 만추에 어울렸다. 낯선 누군가와 동행하는 이야기가 퍽 그럴싸하게 그려져 잠시나마 옷매를 단단히 여미고 산책이라도 나서고 싶어졌다. 사회적 관점, 도덕적 잣대를 들이대면 옳고 그름이야 있겠지만, 더러는 그 기준도 모호해진다는 생각이 들었다. 특히 이 영화는 슬픔에 빠진 불행한 상황에서 낯선 이와 동행할 때 어디까지 솔직하게 마음을 열고 함께할 수 있는지 생각하게 했다.

동행이 있건 없건 실타래처럼 얽혀 있는 인연은 우리를 기쁘게도 하고 슬프게도 만든다. 중요한 건 우리 모두 혼자만의 힘으로는 살아갈 수 없다는 것이다. 나를 이루는 모든 것들이 인연의 집합이기 때문이다.

우리는 늘 누군가를 필요로 한다. 스스로의 삶이 만족스럽고 뜻한 바를 이루었다고 해도 누구나 고독하다고 느낄 때가 있다. 부와 명예와 권세를 얻었어도 혼자 있으면 나약해지는 이유이기도 하다. 물론 마음이 단단한 사람이라면 누가 알아주지 않아도 별 상관없겠지만, 그래도 누군가가 알아준다면 더 으쓱해지고 행복해지고 살 만한 세상이 되지 않을까.

아무렴 어떠한가. 맑은 바람 스치는 만추에 동행이 있다면 그대는 다행하다.

사람을 고르는 기준

마음 둘 데 없는 사람처럼 방이 지저분하다. 방 하나가 마치 큰 쓰레기통 같다. 요사이 내 마음은 늘 걸림 없고 담백한데, 정리정돈 상태로 판단해보면 그렇지 못한가 보다. 남들 눈에는 내가 단정해 보일지 모르겠으나 실상은 그렇지 못하다. 방은 대체로 지저분하고 책은 여기저기 널브러져 있으며 옷도 구겨진 채로 걸려 있다. 정리정돈의 필요성을 자주 느끼지만 특별한 날이 아니고선 말끔하게 치워진 날이 별로 없는 듯하다.

여기에서 특별한 날이란 해가 바뀐다거나 원고가 마감

된 날, 큰 법회가 끝난 날, 멀리 출타한 날 등이다. 아, 은사 스님이나 특별한 분들의 방문이 있는 날도 좀 치워둔다. 아무튼 오늘은 청소하는 날이다. 삶의 찌든 때와 얼룩을 닦아내듯 공간을 열심히 치우고 난 뒤 화병에 꽃도 한두 송이 꽂아두었다.

그러고 보니 요즘 나의 꽃 고르는 기준이 바뀌었다. 은은함에서 화사함으로 색이 화려해졌다. 덕분에 온통 무채색으로 도배된 나의 삶도 조금 밝아진 기분이다. 노랑, 빨강 튤립을 화병 가득 꽂아 불단에 올렸다. 꽃의 화사함으로 인해 어두웠던 법당이 환해졌다. 옛날에 어느 분께 방에 꽃을 놓으시라 권했더니 "그냥 꽃답게 늙어가겠소"라는 얘기를 들은 적이 있다. 그 말이 떠올라 피식 웃음이 났다. 어르신의 센스 있는 말씀도 멋있지만 이렇게 아름다운 꽃을 곁에 두고 바라보며 살아가면 더 곱게 늙어갈 텐데 싶어서다.

요사이 꽃을 고르는 기준만 달라진 것이 아니라 사람 보는 눈도 달라진 것 같다. 세월이 흐른 만큼 나도 변했다는 얘기일지 모르겠다. 예전의 내 사유방식이 아닐 때를 자주 발견한다. 물론 어떤 때는 조금 더 너그러운 사람이 된 것 같기도 하고, 어떤 때는 바늘구멍만큼이나 옹졸한 사람이 된 것 같기도 하다. 촘촘하고 야무진 사람이 좋은 줄 알았는데, 대범하고 넉넉한 사람이 좋을 때도 많다. 하지만 계절의 변화처럼 변화무쌍하게 마음이 바뀌어가는 듯해도 언제든 세상에 도움이 되는 존재로 남아야 한다는 생의 기준에는 변함이 없다.

중국의 서성書聖이라 불리는 서예가 '왕희지'의 결혼 이야기에 재밌는 일화가 있다. 한 귀족 가문에서 형제 많은 왕씨 집안에 사윗감을 고르러 사람을 보냈단다. 막상 가서 보니 다른 형제들은 모두 이 사람에게 잘 보이려 신경 쓰느라 바쁜데, 그중 들은 척도 않고 배를 드러낸 채 그러거나 말거나 평상에 드러누워 있던 사람이 있었다. 그가 바로 '왕희지체'를 남긴 서예가 왕희지다.

이 상황을 전해 들은 귀족은 뜻밖에도 크게 웃으며 왕희지를 사윗감으로 낙점했다고 한다. 그의 호방함에 반해 사윗감으로 결정한 것이다. 《세설신어》에 전해지는 이야기다. 왕희지의 일화를 읽으며 나는 의문이 들었다. 대체

장인 되는 사람의 사윗감 고르는 기준이 무엇이었던가 싶어서다. 한낱 젊은이의 호기로 여길 수 있는 품행을 보고 어떻게 딸을 시집보낼 생각까지 했을까. 자유분방함 하나로 위대한 서예가가 될 인재를 미리 알아보기라도 했다는 것일까? 아무래도 사윗감 며느릿감 고르는 부모에게는 나름대로 지혜의 눈이 따로 있는 모양이다.

살다 보면 우리는 더러 면접관도 되고, 평가받는 입장에 서기도 한다. 나 또한 머리 깎고 출가해서도 뜻밖에 시험과 면접을 여러 번 경험했다. 아주 오래전 일이지만 아직도 잊지 못하는 면접이 있다. 사미니계(여성 출가자의 첫 수계)를 받기 위해 김천 직지사에 갔는데, 나이 지긋하신 면접관 스님께서 내 모습을 보고는 너무 우유부단하고 유약해 보였는지, "요래 생겨가지고 오데 중노릇을 하긋나. 고마 집에 가거라" 하셨다. 그야말로 다짜고짜.

그 말을 듣고 어찌나 당혹스럽고 분한 마음이 들었는지 모른다. 긴 머리카락이 싹둑싹둑 잘려나가며 머리의 파르스름한 빛이 보인 첫 삭발 때도 안 나오던 눈물이 추스를 새도 없이 순간 뜨겁고 농밀하게 흘러내렸다. '머리 깎고 여기까지 얼마나 고생하며 왔는데, 고작 한다는 소리가 대뜸 가라니!' 닭똥 같은 눈물을 뚝뚝 흘리는 내게 스님은 껄껄 웃으며 다시 말씀하셨다. "분해서 우는 걸 보니 되었다. 지금 그 마음 잊지 말고 앞으로 중노릇 잘 하그래이." 전에는 그 스님이 누군지 알게 되면 그때 왜 그러셨느냐고 따져 물을 양이었는데, 지금은 만약 살아 계시다면 감사의 절이라도 올리고 싶다. 그 말씀 덕분에 조심스레 살았기 때문이다. '덕분에 아직 중노릇 합니다, 스님.'

이렇듯 우리는 여러 종류의 시험을 거치면서 살아간다. 그리고 그 시험을 통해 각처에 맞게 사람을 고르는 기준과 그릇의 크기가 드러난다. 절에서는 사람의 마음 그릇을 가리켜 법의 그릇, '법기法器'라고 표현한다. 수행을 해서 해탈을 이룰 수 있는 마음 그릇이 되었는가를 논할 때 쓰는 단어이다. 나쁜 말이나 잘못된 행동 등이 점점 우리의 마음 그릇을 탁하게 만들고 더럽힌다고 가르친다. 즉 생각과 말과 행동을 어떻게 하느냐에 따라 마음 그릇을 키울 수도 있고, 깨끗하게도 더럽게도 만들 수 있다는 얘기다.

일상에서도 그 기준을 알 수 있는 것이 있다. 그 사람의 친구들을 보면 알 수 있다. 부모는 선택할 수 없지만 친구는 내가 선택할 수 있기 때문이다. 불교에서는 선한 벗을 가까이 하라는 말을 늘 강조한다. 가까운 이들은 내 삶에 많은 영향을 준다. 위산 선사는 "나를 낳아준 사람은 부모요, 나를 완성시켜준 이는 벗"이라고 했을 정도다. 그만큼 친구들은 우리 삶을 든든하게 지탱해준다.

그럼 누가 좋은 친구일까? 적어도 친구에게 좋은 일이 있을 때 기꺼이 박수 쳐주고 기뻐해주는 이가 좋은 친구다. 사람들은 경제적으로 어렵거나 불행한 일이 닥친 사람은 곧잘 도와주고 위로해주는 반면, 누군가 일이 잘 풀려 많은 돈을 번다고 하거나 사회적 기준의 성공 가도를 달리면 축하는커녕 먼저 상대의 흠집부터 찾아내기에 급급하다. 인터넷 댓글만 보아도 쉽게 알 수 있다. 욕먹는 사람이 내 가족이라도 저렇게 말할 수 있을까. 마치 독 안에 든 게처럼, 올라가는 게의 다리를 물고 늘어져 결국 한 마리도 독 밖으로 나가지 못하게 만들듯이 사회는 시기와 질투로 가득해 보인다. 오기를 부려서라도 자신보다 뛰어난 이들을 깎아내리려는 마음이 결국 자신까지도 깎아내리는 꼴이 된다는 것을 모르는 듯하다.

새 가족을 맞이하는 일이나 좋은 벗을 곁에 두는 일도 다 마음의 일이라 지극히 주관적이다. 하지만 여기에는 착각이 숨어 있다. 나와 인연된 가까운 이들은 모두 인간적으로 '착한 사람'일 거라는 착각, 아니 착한 사람이어야 한다는 기준이 늘 잠재되어 있는 것 같다. 그가 밖에서 어떻게 살아가는지 몰라도 적어도 내 식구나 내가 아는 사람이라면 반드시 착한 사람일 거라고 찰떡같이 믿어 의심하지 않는다. 하지만 이런 태도는 경계해야 한다.

장자의 말을 빌리자면 "아껴주면 가까워지고愛之則親, 이익을 주면 모여들며利之則至, 칭찬하면 부지런히 일하고譽之則勤, 비위를 거스르면 흩어진다致其所惡則散"고 하였다. 사람을 모으는 가장 큰 힘은 자비요, 사랑이며, 이익이고, 칭찬이다. 내가 너무 추상적일지는 몰라도 누구와 인연을 맺든 지혜롭고 자비로운 이였으면 좋겠고, 유능하면서도 겸양을 갖춘 이라면 더욱 좋겠다. 사람을 고르는 기준은 결국 마음의 크기이다.

인연을 끊어주는 절

찬 기운이 적막마저 삼켜버린 시간, 부처님 전에 향을 사르니 코끝을 타고 향 내음이 훅 번진다. 눈을 감고 향기를 찾아본다. 숨을 깊이 들이켜본다. 내 안으로 향이 서서히 밀려온다. 들이켜고 내뱉고, 또 들이켜고 내뱉는다. 나는 향기를 따르고 향기는 내 몸을 감싸니 호흡을 통한 둘의 만남이 조화롭고 부드럽다. 때마침 처마 끝 풍경도 바람의 위력에는 별수 없다는 듯 법당의 고요함을 뚫고 수줍게 울려댄다. 비록 도심 속 암자여도 이만하면 마음까지 넉넉해지는 풍경이 아닐 수 없다. 가사장삼을 반듯하게 수하고 참

참한 좌복에 엎드려 이마를 내려놓으니 감사의 마음이 절로 난다.

이렇듯 소박한 일상에선 감사할 일도 많으나 한 해를 보내는 시점에선 스스로에게 물을 것 또한 많다. 1년 동안 잘 살았느냐고, 고운 심성으로 주위는 챙겼느냐고, 혹여 누굴 미워하다가 먼저 긁히진 않았느냐고, 아닌 척 감추다가 상처가 곪진 않았느냐고, 인연은 잘 맺었느냐고, 또한 잘 끊었느냐고…. 묻고 싶은 것들이 이리 많으니 묻어두고 정리하고픈 것도 많다는 뜻이리라. 그중에서도 가장 애타는 심사는 아마 사람들과의 인연일 것이다.

인연이란 단어가 좋은 이미지여서 그런지 누군가 "인연이야" 하면 금세 얼굴에 화색이 돈다. 이런 인연의 이치는 이미 불교에서도 많이 강조해왔다. 특히 '좋은 인연'을 가까이 하라고, 칡도 소나무를 의지하면 높이 오를 수 있듯 스승이건 벗이건 자신을 성장시킬 수 있는 선한 이를 가까이 하라고 말이다.

누구에게나 삶은 고단하니 좋은 인연에 기대고픈 마음이야 당연하다. 마음을 나누어 서로에게 든든한 기둥이 되어주고, 그리움만으로도 세파를 이겨낼 힘을 준다면 그런 인연은 존재만으로 아름답다.

그러나 인간사 그리 좋은 인연만 맺으며 사는 이가 몇이나 되겠는가. 옷깃만 스쳐도 인연이라지만 인생에서 좋은 인연은 손에 꼽힌다. 그마저도 만남이 있으면 이별도 있다. 나 또한 올해는 몇몇 인연을 끊어내었다. 업연 같았던 묵은 인연도 정리했고, 화를 부르던 인연도 말끔히 비우려 노력했다.

사실 인연을 끊는다는 것은 큰 두려움이다. 더욱이 출가자는 인연을 맺는 일에 익숙하지 않다. 편하게 지내는 것 같아도 늘 '불가근불가원不可近不可遠' 거리를 두니 마음에 들인 인연의 수는 매우 적은 편이다. 게다가 출가라는 것이 본디 출발부터가 인연을 끊어내고 시작하지 않는가. 마음에 거리를 두고 살아야만 향기도 더 잘 맡을 수 있고, 사람 사이에서도 상처받지 않는다는 생각이 머릿속에 확고하다.

그래도 그동안은 세상에 타협하고 적당히 비위 맞춰가며 살았다. 그렇게 사는 것이 훨씬 낫다고 생각했으니. 허나 지금 생각하면 그것은 내 마음이 맑지 못하고, 욕심에 휘

둘러 초연하지 못한 탓이었구나 싶다. 나름대로는 그저 흘러가는 대로 내버려둔 거라 생각했지만 그 과정에서 쓸데없이 꾸며 빛나는 삶처럼 보이려 한 것은 한없이 부끄러운 일이다.

일본에는 인연을 끊어주는 절이 있다. 인연을 맺어주거나 끊어주는 신사도 있다. 잊고 싶은 사람뿐만 아니라, 담배, 술, 마약 같은 나쁜 습관까지 포함하여 악연을 끊어주는 곳들이다.

유학 시절, 인연을 끊어주는 절이 있다는 사실을 처음 접했을 땐 선뜻 납득하기 어려웠다. 하지만 상처 입고 괴로운 사람들이 뭔가를 확실하게 정리하고 새로 시작하고픈 마음에 찾아오는 곳임을 금세 이해할 수 있었다. 자신을 괴롭히는 인연들을 물리치고 당당하게 새로 시작할 수 있도록 마침표를 찍어두는 것이다. 그곳이 신성한 곳이면 더 좋지 않겠는가.

《화엄경》에 이르기를 "마음은 화가와 같아서 모든 세간을 그려낸다心如工畵師 能畵諸世間" 하였다. 내 마음먹기에 따라 인간관계의 그림도 달라질 수 있다는 얘기다. 인연 이야기로 돌아가 말하자면, 결국 우리의 인연이란 마지막 그림을 잘 그리는 것이 중요하다. 또 언제 어디서 다시 만날지 모를 그림이기도 하고.

인연의 끝은 헤어짐에 있지 않다. 마지막 원망까지도 마음에서 다 비워내고, 태연하게 안부를 물을 수 있을 정도여야 비로소 끝이 난다. 그러나 대부분의 사람들은 자신의 분을 참는 것으로 끝을 보려 한다. 참는 것으로 본인은 끝났다고 생각하겠지만, 글쎄…. 그러다 훗날 다시 만나면 가슴에 고인 말들이 봇물 터지듯 쏟아져 세 치 혀로 칼을 휘두를지도 모른다.

그러니 참는 것이 능사가 아니라 참지 않아도 될 만큼 탁한 마음을 비워내야 한다. 물론 나이가 들면 이마저도 필요 없을 만큼 모든 것에 순응하며 살아갈 수도 있다. 다 잊어버리고 죽을 때까지 홀연히 흘러가는 경우도 태반이다. 하지만 생에 대한 애착이 강할수록 인간에 대한 애증도 쉬이 사라지지 않는 법. 그렇기에 더욱 악연을 품고 살아가선 안 된다. 이생에 다 풀고 가는 게 좋다. 그래야 진정한 마침

표를 찍을 수 있으니.

“잘 익은 상처에선 꽃향기가 난다” 했던가. 복효근 시인의 시처럼 인연을 잘 정리해야 꽃이든 열매든 얻지 않겠는가. 그러니 지난 일들일랑 이참에 정리하자. 고운 인연일랑 아름답게 이어가고, 썩은 인연 줄이거든 싹둑 잘라내자.

어머니와 아들

햇볕이 웅크린 꽃눈을 깨우는가 싶더니 금세 꽃이 피어났다. 성급한 벚꽃 몇몇은 벌써 만개하여 자태까지 뽐낸다. 그래도 일교차가 심해서 털신을 벗기에도, 흰 고무신을 신기에도 아직은 좀 이른 감이 있다.

그러고 보니 이 털신은 몇 해 전《금강경》강의 첫날, 어느 분의 정성 어린 선물이다. 그 후 매해 겨울만 되면 노란 꽃을 단 채 법당 앞에 놓인다. 꽃 단추를 단 털신이 재밌는지 보는 이마다 미소를 짓는다. "어느 보살님 선물이라 신어요." 수줍게 변명하다 보니 어느덧 부끄러움 대신 마음에 꽃이 피었다. 누군가의 정성이란 그런 건가 보다.

오래전 어느 밤, 휘영청 밝은 달이 좋아 스님들과 함께 팔공산에 올랐다. 갓바위 부처님도 뵙고 둥근달도 보자며 헉헉대며 올라갔다. 그 길에서 한 노보살님을 보게 되었는데, 워낙 고령인지라 계단 하나 오르는 데도 한참이 걸렸다. 빈 몸으로 오르기에도 힘든 계단을 쌀까지 이고 가니 노인의 허리는 줄곧 90도로 꺾였다. 거친 숨을 몰아쉬며 쉬는 틈에도 쌀을 내려놓지 않았다. 뒤따르던 나는 보는 것만으로도 마음이 고되어 여쭈었다.

"보살님, 제가 좀 지고 갈게요." 노보살님은 손사래를 쳤다. 잠시만 들어드린다고 해도 소용없었다. "마음은 고맙지만 부처님께 올릴 쌀을 스님이 지고 가면 우짭니꺼? 그런 소리 마이소. 내 새끼 위한 긴데, 제가 지고 가야지예." 함께 가던 스님도 한마디 거들었다. 직접 이고 가셔야 보살님 마음이 편할 거라고.

'아들의 병고 때문일까? 사업이 어려운 걸까?' 갓바위에 먼저 도착해서 바람에 몸을 휘청거리며 절을 올리면서도 노보살님 생각이 떠나질 않았다. '잘 올라오고 계시려나?' 큰 바위도 나이를 먹어야 그 품이 너르다던데, 한 가지 소원은 꼭 들어주신다는 갓바위 부처님의 너른 품에 기대어 나도 소원을 빌었다. '저 공양미가 누구를 위함이든 한밤중에 노쇠한 몸으로 부처님을 찾아오는 저분의 정성이 꼭 이루어지게 하소서.' 그날 갓바위 부처님께 올린 나의 소원은 그뿐이었다.

어머니 얘기가 나오니 문득 어느 스님이 떠오른다. 출가를 한사코 말리던 홀어머니를 출가 후 몇 년 만에 찾아간 외아들 스님이었다. 어느 해 친구에게서 어머니의 병고를 전해 듣고 하안거(여름수행)가 끝나는 대로 찾아갔단다. 비가 억수로 쏟아지던 날, 아들은 비를 흠뻑 맞으며 대문 밖에서 어머니를 애타게 불렀다. 그토록 그리운 아들일 텐데 어머니는 대문을 열어주지 않았다. 스님은 어머니의 분노가 그리 큰 줄 몰라 처음엔 몹시 당황했다고 한다.

얼마 후 마음을 다잡은 스님은 그 자리에서 꼼짝 않고 며칠이나 비를 맞으며 기도했다. 어머니의 노여움이 풀리기를, 어머니가 건강하고 행복하기를 소망하면서. 드디어 대문이 열리던 날, 어머니와 아들은 부둥켜안고 오래오래 눈물을 흘렸다고 한다. 마음속에 맺혔던 응어리가 다 풀려 나가는 눈물이었다.

기도란 이런 것이 아닐까? 서로를 위해 마음을 비우게 하고, 고통과 속박으로부터 벗어나게 하는 간절한 정성. 이화인 시인의 〈기도의 힘〉이라는 시를 소개한다.

몹쓸 역병이 돌던 그 겨울
봄이 죽었다고
봄은 절대 오지 않을 거라던 그해에도
봄은 거짓말처럼 왔다

기도의 힘은
늘
길 끝에서 새 길이 시작되고
막장 앞에서 통하는 곳이 보였다

그것은 기적이 아닌 기도의 힘이었다

간절한 기도의 힘은

절박한 고비마다 꽃으로 피었다.*

대문을 열어주지 않던 사이에도 어머니는 아마 마음으론 아들 옆에서 내내 함께했을 것이다. 아들이 감기라도 들면 어쩌나 걱정하면서. 어머니는 자신의 아픈 몸보다 자식을 더 많이 걱정했을 게 뻔하다. 어머니란 존재는 늘 그렇다. 자식을 위한 일이라면 육신의 나이를 생각하지 않고 뭐든 정성을 다한다. 특히 한국의 어머니는 유독 그 정을 더 강하게 표현하는 성향이 있다. 성당이든 절이든 새벽부터 그곳을 찾는 어머니들만 보아도 잘 알 수 있다. 집착이든 사랑이든 그런 마음을 어렴풋이나마 알고 있기에 우리는 어머니 사후에도 그분을 잊지 못하는 것 같다.

불교에는 '관세음보살'을 믿는 관음신앙이 가장 인기가 많다. 관세음보살은 그 이름처럼 '세상의 소리를 보고 듣고 관하여 보살펴주는 어머니 같은 분'이다. 천 개의 손에 낱낱이 천 개의 눈을 가졌다고 해서 '천수천안관세음보살'이라

* 이화인, 〈기도의 힘 外 1편〉 (시인뉴스 포엠, 2021)

부른다. 신영복 선생은 천 개의 손에 천 개의 눈이 박혀 있으니 그 손을 일컬어 '마음이 있는 손'이라고 했다. 그 어떤 손이든 진실한 마음이 있는 손이어야 가치가 있다는 말씀이다.

우리 모두는 서로의 보살핌 없이 한평생 안락하게 살아갈 수 없다. 누군가에게 신세도 지고, 누군가에게는 선뜻 도움도 주어야 한다. 좋은 관계는 그냥 둔다고 꽃이 되지 않는다. 정성껏 가꾸어야만 비로소 꽃이 핀다. 손뿐만 아니라 우리의 머리, 가슴, 두 발에도 따뜻한 배려의 꽃이 피기를 기원한다. 서로가 서로에게 관음의 손, 어머니의 손이 되기를 기도한다.

생에 대한 변명

나는 자립하기 전에 이미 스스로 출가의 길을 선택했다. 그 과정에서 스스로의 마음을 갉아먹을 정도로 상처를 입은 것도 사실이요, 부모의 애간장을 녹이며 상처를 입힌 것도 사실이다. 자진해서 고립과 단절의 삶을 살겠다는 자식을 쉬이 놔줄 부모가 어디 있겠는가. 그것이 부모의 심경이란 것을 그때는 미처 몰랐다. 아니 모른 척 외면했다. 출가한 사람들이라면 거의 대부분 겪는 피할 수 없는 노정路程이다.

나는 출가해서도 자신을 끊임없이 자잘하게 상처 내며 살았다. 그렇게 살다 보니 내 상처는 어느새 나를 지키는 보호막이 되어 있었다. 피가 나고 고름이 맺히고 딱지가 말라붙는 사이, 고통을 통해 어느덧 마음을 돌보고 지켜주는 막이 형성되었다. 분하고 억울했던 시간만큼 자신을 단련시키고 스스로의 마음을 돌본 것이 약이 된 것이다. 지극히 사사로운 변명 같지만 내가 한 모든 고통스런 행위가 곧 수행이었다.

모든 가족에게는 사연이 있다

설날이 다가온다. 맞이할 시간들이 낯설어 설날이라 했을까, 아니면 나이 먹는 게 서러워 설날이라 했을까. 그도 아니라면 새날들에 대한 설렘으로 설날이라 했을까. 무엇이 되었건 첫 시작을 새로 할 수 있으니 그것만으로도 설은 좋은 날이다.

"설에 스님들은 뭐 하세요?"라고 사람들이 물어온다. 절집에선 설날 아침 일찍 부처님께 세배를 올린다. 일명 통알通謁이라 부르는데, 삼보(부처님, 부처님의 가르침, 승가)에 감사하며, 나라는 평화롭고 국민은 평안하기를, 모든 중생들이 불보살님의 가피로 건강하고 행복하기를 기원한다. 아침 공양 후에는 어른 스님들께 세배를 올린다. 이때는 통알과 구분하여 세알歲謁이라고 한다. 어른 스님들께 올리는 세배에는 항상 줄이 길다. 대중 스님이 많은 처소라면 더욱 그렇다. 사람이 많아서이기도 하지만, 실은 세뱃돈을 타기 위해 한두 바퀴씩 더 도는 것이다. 그래도 애교로 봐준다. 어린 스님에게는 1년 중 어른 스님들이 가장 좋아지는 순간이랄까. 한두 바퀴쯤 돌고 나서 키득키득 웃다가 얼굴이 탄로 날 즈음, 이번엔 각방을 찾아가 세배를 올린다. 덕담이 오가고 세뱃돈 봉투가 두둑해질수록 기쁨은 배가 된다.

허나 이를 눈치챈 어른 스님들도 나름 계획이 있다. 대중 인사가 끝나면 개별적으로 찾아오는 병아리 스님들을 피해 멀리 산행을 나서거나, 얼른 신발을 감추고 방에 들어가 없는 척하기도 한다. 주머니 사정이 좋지 않아서다. 명절에 절집에서 무슨 재미난 일이 일어날까 싶지만 세배나 성불도놀이(성불하는 게임) 등 이곳은 이곳대로 즐거운 새해맞이 풍경이 펼쳐진다.

그러나 아무리 재밌게 명절을 보내려 해도 고향에 갈

수 없는 사람들은 어딘가 허한 느낌이 든다. 해마다 덤덤하게 보내는 명절이 어느 해는 유난히 쓸쓸해지기도 하는 법. 나도 떠나온 지 30년이 넘었지만 고향 하늘에 붉게 여물던 노을이 눈가에 뜨겁게 아른거렸던 적이 한두 번이 아니다. 아, 생각해보면 출가 이래로 부모님과 함께 식사를 한 적이 몇 번이나 있던가. 헤아려보니 열 번이 채 되지 않는 것 같다. 사상가 세네카의 "우리는 수명이 짧은 것이 아니라 많은 시간을 낭비하는 것이오"라는 말이 생각난다. 살아 계셔야 뭐라도 해볼 텐데 황천길로 떠나간 지 너무나 오래되어 이젠 어찌할 도리가 없다.

'회귤유친懷橘遺親'이라는 고사가 있다. 중국 오나라의 여섯 살 난 육적이란 아이가 아버지와 함께 원술에게 갔다가 귤을 대접받고 몰래 귤 두 개를 챙겨오다가 들켰다. 아이에게 그 이유를 물으니 어머니가 좋아하셔서 가져다 드리고 싶어 그랬다고 한다. 어린아이의 효성이 갸륵하여 원술은 귤을 더 주었다는 이야기가 삼국지의 '회귤유친'이다.

얼마 전 어머니 기일이었다. 그 귤이 떠올라 어머니가

좋아하시던 감을 얼굴도 가물가물 잊혀져가는 때가 되어 겨우 영단에 올려드렸다. 울어본 지 오래된 사람처럼 굳은 표정으로 인사드렸으니 어머니도 내 마음을 아시겠지. 어머니 품에 머리를 기대고 눈을 감은 듯 북받치는 설움을 누르며 엎드린 채 오래 있었다.

출가한 우리들은 서로에게 사연을 묻지 않는다. 아니 누가 물어도 제대로 대답하지 않는다. 부질없는 이야기라 여겨서다. 그러나 우리는 안다. 기막힌 사연 하나쯤 다 가슴에 담고 산다는 것을. 설령 그렇다 해도 향로의 식은 재처럼 덤덤하게 살아가려 한다.

출가자뿐만 아니라 우리 모두에게는 각자 말 못 할 사연이 하나쯤은 있다. 소설가 살만 루슈디는 "모든 가족에게는 사연이 있다. 어떤 사연은 웃기고, 어떤 사연은 자랑스럽고, 어떤 사연은 쑥스럽고, 어떤 사연은 남부끄럽다. 이 사연을 안다는 것은 그 가족의 일원이라는 증거다"라고 말했다.

설에 귀경하면 대체로 비슷한 이야기들이 오간다. 전을 부치면서, 밤을 치면서, 제수를 준비하면서 각자 유년 시절의 기억, 어른들에게 야단맞던 일, 소소한 일로 형제간에 싸웠던 일들을 이야기한다. 서로 비슷한 추억을 해마다 재탕해도 이날만큼은 처음 듣는 것처럼 맞장구쳐준다. 그야말로 명절이니까. 어쩌면 사람들이 명절 때마다 귀경하고자 하는 것은 자랑스럽기도, 부끄럽기도 한 가족들과의 사연을 함께 나누며 가장 단단한 자신의 뿌리를 찾고자 함이 아닐까.

생각해보면 혈연이든 아니든 우리 모두는 누군가의 가족이다. 오순도순 살기 위해 일도 하고 돈도 벌고, 선물도 하는 가족. 좌절하고 슬픈 일이 있어도 모두 품고 편안하게 받아주는 이가 바로 내 가족 아니겠는가. 멀리 있어도 서로의 사연을 알고 울고불고하며 마음 아파했다면 누가 뭐래도 그들은 서로에게 애틋한 가족인 것이다.

잠시 잠깐 함께하지 못한다고 해서 가족의 인연이 끊어지는 게 아니다. 그러니 명절에 고향에 못 간다고 너무 애달아 하지 말고, 찾아오지 않는다고 오래 속상해하지 않았으면 좋겠다.

누군가의 삶을 이해한다는 것은

하루는 어느 신도님이 봉숭아 꽃물을 손톱에 붉게 물들이고 와서는 내게 자랑을 했다. 내려다보니 과연 할머니의 작은 손톱에 봉숭아 물이 곱게 들어 무척 고왔다. 벌써 이렇게 봉숭아 꽃이 피었는지 의아할 정도로 빠르긴 했다.

어릴 적에 나도 손톱에 꽃물을 들여본 적이 있다. 친구들과도 어울려 해보고, 어머니와도 함께 해봤다. 봉숭아 꽃과 잎을 따서 소금이나 백반과 함께 짓이겨 손톱 위에 올려놓고 비닐봉지로 감싼 뒤 두꺼운 실로 고정시키고 하루를 자면 된다. 그런데 참을성이 없는 나는 그 하룻밤을 못 견디고 자다가 갑갑해서 뽑아버리곤 했다. 아침에 일어나면 꽃물이 덜 든 채 희붉은 손톱을 보며 울상을 지었다. 그럴 때마다 첫눈이 더 빨리 오기만을 기도했다.

옛 생각을 하니 정태춘, 박은옥이 부른 노래 '봉숭아'가 생각난다. "초저녁 별빛은 초롱해도 이 밤이 다하면 질 터인데, 그리운 내 님은 어딜 가고 저 별이 지기를 기다리나. 손톱 끝에 봉숭아 빨개도 몇 밤만 지나면 질 터인데, 손가락마다 무명실 매어주던 곱디고운 내 님은 어딜 갔나." 노래를 흥얼거리다 보니 그때의 동무들과 꽃무늬 치마 입은 곱던 어머니가 그리워진다.

어머니랑 봉숭아 꽃물 들이던 추억을 떠올리니 문득 아버지 생각도 난다. 해마다 한국전쟁이 일어났던 때가 돌아오면 나는 늘 아버지의 영웅담을 들어야만 했다. 절집에 들어온 이후로 다시는 들을 수 없게 되었지만 지금도 어릴 적 이야기 속에 등장한 분들이 간혹 눈에 선하게 비친다.

어릴 적 우리 동네엔 이상하게 생긴 무서운 아저씨가 살고 있었다. 팔다리가 하나씩 없고 늘 담배와 술에 절어 사는 모습이었다. 아저씨는 헝클어진 머리에 덥수룩하게 수염을 기르고 흉측한 모습으로 목발을 끼고 뚜벅뚜벅 우리 집에 놀러오곤 했다. 나는 아저씨가 자주 놀러오는 것이 싫었는데, 아버지는 항상 반갑게 맞이하고 소주잔을 기울이며 벗해주었다.

이쯤에서 눈치 챘겠지만 그분은 상이용사다. 베트남 전쟁에 나갔다가 폭탄이 터져 상이용사가 되어 돌아온 분이다. 멀쩡하던 남편이 불구가 되어 돌아오자 아내는 야밤에 몰래 보따리를 쌌단다. 그 뒤로 아저씨는 매일 소주병을 끼고 세상을 원망하며 살았다.

그런 아저씨가 집에 놀러와 나만 보면 우리 아가 예쁘다며 "한 번만 안아보자"고 했다. 그런 아저씨가 얼마나 무섭고 싫던지…. 영화 〈아저씨〉 속의 원빈처럼 잘생긴 아저씨도 아니고, 나는 고개를 절레절레 흔들며 어딘가에 숨기 일쑤였다.

"저 어린 것도 내가 싫다는데, 내 마누라인들 내가 좋겠습니까." 아저씨의 넋두리와 원망 섞인 눈빛은 나를 늘 불편하게 했다. 아저씨가 쓸쓸한 그림자를 끌고 집으로 돌아가고 나면 성질이 불같은 아버지는 잠깐이지만 무섭게 나를 째려보곤 했다. 화가 난 아버지가 무서워 아저씨가 올 때마다 눈치를 봐야 했던 기억이 난다.

화가 나 있는 아버지 때문에 하는 수 없이 내가 먼저 타협안을 냈다. 100미터쯤 떨어진 아저씨 집까지 바래다주겠다고 한 것이다. 그랬더니 그날 이후로 아저씨는 거의 매일, 하루에도 두세 번씩 오갔다. 아저씨의 기쁨은 오직 귀여운 꼬마가 집까지 바래다주는 것인 듯 보였을 정도다. 하지만 그리 호락호락할 내가 아니었다. 하루에 딱 한 번, 내 맘 내킬 때만 함께 가주기로 했다.

그때마다 아저씨는 왜 그리도 천천히 걷는지, 평소엔 두 다리 멀쩡한 사람보다 목발이 먼저 나가는 듯 보였는데 나랑 걷기만 하면 몇 걸음 가다가 쉬고 담배 한 모금 피고, 내게 말 걸고, 대답 안 해주면 또 허공 바라보며 한숨짓고. 빨리 다녀오고 싶은데 내 화를 어찌나 돋우던지 꼬마인 나도 "으윽" 거리며 참아야 했다. 그러던 아저씨가 몇 년 후 돌아가시자 아버지는 몹시 슬퍼했다. 불쌍하다고, 안됐다고, 몇 번이나 주저리주저리 중얼거리며 소주잔을 기울였다.

세월이 흘러 생각해보니 어린 나에게조차 무시당하던 그 아저씨는 다름 아닌 '영웅'이었다. 물론 누군가에게는 버림받은 인간이었고, 누군가에게는 연민을 느끼게 하던 쓸쓸한 존재였다. 또 전쟁터에서는 몇몇의 생명을 해치기도 했겠지. 하지만 상이용사가 된 이후의 삶이 얼마나 박복하고 비루했는지 어린 내 눈에도 훤히 보였다.

나는 아저씨가 우는 모습을 아버지 곁에서 많이 봤다. 함께 간 부대원들은 죽고 혼자만 살아왔다며 울던 아저씨, 차라리 그때 죽었어야 했다던 그 말이 진심이었다는 것을 알게 된 건 그 뒤로도 한참 시간이 흐른 후였다.

요즘도 광화문을 지나다 보면 간혹 '전우회'나 '해병대' 등을 내세워 스피커를 켜고 다니는 차를 보게 된다. 솔직히 시끄러워 눈살이 찌푸려지기도 한다. 절 앞에서 외치는 타종교의 전도 스피커 소리만큼이나 듣기 싫다. 하지만 동시에 저들의 삶을 우리가 너무 몰라주는 것은 아닌가 생각한다. 한때는 우리가 모르는 전쟁을 처절하게 겪었고, 나라를 위해 목숨을 바쳤다는 용사들의 삶을 우리가 더 이해해주어야 하지 않을까 하고.

나는 요즘 어떤 일을 할 때 '이 일이 할 만한 가치가 있는가?' 하고 스스로에게 자주 묻는다. "사람은 살아야 할 의미가 분명하다면 어떤 고난도 견디어낸다"던 철학자 니체의 말처럼 자꾸만 삶의 의미를 찾는 버릇이 생겼다. 누군가의 삶을 기억하는 일은 자신의 삶을 돌아보기 위해서도 필요한 일이다. 더 의미 있고 가치 있게 살아가는 길을 찾기 위해서라도 그렇다.

내 기억 속 상이용사 아저씨는 희망을 잃고 불행에 빠진 사람이었다. 그분은 전쟁으로 팔다리를 잃고, 아내를 떠나보내고 창창한 미래를 빼앗겼다. 술을 마실 때마다 과연 지난 삶이 그럴 만한 가치가 있는 것이었는지 수도 없이 곱씹었을 것이다. 만약 아저씨가 살아 계시다면, 그때 무례하게 굴어서 죄송했노라 사과하고 싶다. 믿기지 않겠지만 누군가에겐 생명의 은인이요, 영웅이었노라 힘주어 얘기해주고 싶다. 지금 살아 계시다면, 쓸쓸했던 그림자를 지우고 느린 걸음으로 집까지 모셔다드렸을 텐데.

결혼을 꿈꾸는 이들에게

2012년 7월, 해남 땅끝마을 미황사에서 '청년출가학교'라는 인문학 프로그램을 열었다. 그때 나는 법인 스님, 금강 스님과 함께 8박 9일 동안 지도 법사로 참여했다. 최종 41명만 선발되었지만, 당시 지원자가 무려 272명이나 될 정도로 꽤 인기가 많았다. 그해 여름은 뜨거웠다. 청년들이 가졌던 고뇌의 열정 또한 뜨거웠던 게다.

10년이 지나 얼마 전, 청년출가학교 때 함께했던 한 청년이 자신의 배우자가 될 사람과 나란히 나를 찾아왔다. 세월이 흘러 1+1이 되어 돌아온 것이다. 그리고 청하기를 "어려운 부탁이 있는데요 스님, 주례를 좀 서주세요" 했다. 허참! 출가한 스님에게 장례식장도 아니고 결혼식장에 와달라고 하다니, 그것도 아직 젊은 비구니에게. 뭐라고? 주례를 봐달라고?

순간 결혼식장의 아찔한 풍경이 뇌리를 스쳤다. 아, 이건 좀 안 되겠다. 당혹감을 농담으로 감추고는 다시 생각해보라며 만류했다. 우리는 각자 한 달의 기한을 두고 생각해보기로 했다. 다만 양가 부모님과 친척들, 친구들이 다 좋다고 하면 그땐 나도 거절하지 않고 주례를 봐주겠다고 약속했다. 누구 하나쯤은 반드시 반대할 거라는 확신하에 내린 일종의 협상 카드였다.

그런데 한 달 후, 그 설마 하던 일이 현실이 되었다. 주위에서 다 좋다고 했다는 것이다. '그럴 리가 없을 텐데' 하면서도 약속은 약속이니, 그렇다면 나도 마음을 달리 먹는 수밖에 없었다. 그래 뭐, 생각해보니 비구니 스님이라고 꼭 장례식만 가라는 법은 없지. 결혼식에도 가서 행복한 가정의 탄생을 축복하고 사랑하는 이들의 언약을 보증하는 증명법사가 되어주면 좋겠다. 아니, 이참에 그냥 주례 전문 스님으로 나서볼까? 긴장감을 녹이려 별의별 농담을 다 던졌다.

드디어 결혼식 날, 연세대학교 동문회관에서 신랑 신부 못지않게 긴장한 상태로 생애 첫 주례를 섰다. 가기 전 머릿속을 헤집던 아찔한 풍경도 지금은 행복한 여운으로 가득하다. 아마 남은 생 동안 나는 그들이 행복하게 잘 살기를 때때로 기도할 것이다. 새 가정을 이룬 그들의 수호자가 되어 일생 내내 틈틈이 빌고 또 빌어주리라.

그간 주례를 약속한 후 누가 어떻게 결혼을 하는지, 주례는 누가 서는지, 무슨 말을 남겼는지 등등 관심이 많아졌다. 일생 관심 밖이던 결혼에 대해 참 많이도 생각했다. 덕분에 새롭게 알게 된 사실도 많다. 사람들이 얼마나 많은 이유로 헤어지는지, 왜 결혼은 어렵고 이혼은 쉽게 하는지, 독신이나 비혼을 주장하는 이들이 많다는 사실도 알게 되었다.

문득 격세지감을 느끼지 않을 수 없었다. 내가 절에 들어올 당시 고향 마을에서는 비구니가 된다는 것만으로도 손가락질을 했다. 내 가족조차도 어쩌면 나를 부끄러워했을지 모른다. 스무 살도 안 된 여학생이 머리 깎고 비구니가 되겠다 하니 어머니는 가슴을 쳤고, 아버지는 끊었던 담배를 다시 꺼내 무셨다.

제아무리 자식이라도 마음을 담아 자세히 보지 않으면 늘 보아도 보이는 것이 없고, 무슨 얘기를 들어도 들은 바가 없는 법이다. 게다가 그곳은 유교적 사고방식이 당산나무처럼 굳건한 작은 시골 마을이었다. 고정관념으로 가득한 주위의 어른들은 너무하다 싶을 정도로 쑥덕거리며 내게 비난을 쏟아냈다. 생각해보면 나의 어쩔 수 없는 선택으로 인하여 인연이 끊어진 것이 아니라 매몰차게 끊어낸 쪽은 외려 가족과 이웃들이었던 것 같다. 덕분에 지금은 이미 나와는 무관한 사람들이 되었으니 그 또한 인연의 소치다.

출가하겠다는 여성에게만 그런 편견이 있었던 것이 아니다. 1990년대 당시를 떠올려보면 여자가 일생 독신으로 산다고 하면 뭐 크게 하자 있는 사람이겠거니 여길 정도로 섬뜩한 선입견이 주변에 수시로 작동했다. 30년 전만 해도 독신 여성에게는 위협적인 비난과 편견이 늘 따라다녔다.

그에 비하면 지금이야 주변 반응이 그나마 괜찮은 편이다. 이젠 비혼이건 독신이건 상관없다는 생각, 결혼만이 능사가 아니라는 생각, 삶의 형태가 결혼에만 국한되어 있는 것은 아니라는 생각이 점차 확산된 듯하다.

사실 결혼 적령기가 되면 이제 다 성인인데, 아무리 가족이라 해도 누가 나서서 이래라저래라 한다고 될 일은 아니다. 삶에 개입하거나 어설프게 훈수하는 것 자체가 오히려 서로에게 피곤하고 불편한 감정을 만든다. 더군다나 결혼 연령이 점점 더 늦어지는 추세라서 이제는 '결혼 적령기'라는 말도 사라지는 분위기다. 절에 오는 신도들도 자식들이 나이는 상관없으니 언제라도 가정을 꾸렸으면 하고 바라거나, 그도 아니라면 편하게라도 살면 좋겠다고 말한다. 누군가의 바람보다도 본인의 선택이 중요하다는 것이다.

어쨌든 생애 첫 번째 주례 기념으로 결혼을 꿈꾸거나 결혼하는 이들에게 한마디 덧붙일까 한다.

"세상 모든 이들에게는 충분히 존재할 만한 가치가 있고,

우리 모두는 존재 자체만으로도 아름답고 숭고합니다.

이러한 우리가 아득히 먼 시간부터 서로를 그리며 찾아와
이 땅에서 누군가를 만나 인연을 맺었다면,
그것은 수천 생의 인연인 것만은 분명합니다.
그러니 사랑을 담아 말 한마디,
손길 하나에도 정성으로 대하십시오.
가정은 사랑의 둥지입니다.
서로를 존중하고 사랑하며
일생 온화한 부부로 살기를 기원합니다."

사랑하는 이가 있기에 정신 차린다

초록의 진한 색채가 강렬한 빛을 받아 더욱 선명한 계절이다. 화사한 봄날에도 이런저런 일정으로 꽉 채워진 달력을 볼 때마다 나는 도리어 표정이 굳어진다. '이달도 역시 비는 날이 없군.' 다관에 차를 우려 맑은 차 한 모금 입에 머금고 눈을 감았다. 은은한 차향에 몸을 맡기니 좀 낫다. 그래도 머릿속에선 자꾸만 묻는다. 어찌하여 이리도 여백 없이 산단 말인가?

저녁나절, 공허한 마음에 탑전을 내다보니 불 밝힌 연등이 고단한 삶을 어루만져주는 듯하다. 이런 내게 송나라

야보冶父 스님이 죽비를 들어 한 말씀 하신다.

꽃은 늘 웃고 있어도 시끄럽지 아니하고,

새는 항상 울어도 눈물을 보이지 않으며,

대나무 그림자 뜰을 쓸어도 먼지가 일지 아니하고,

달빛이 물 밑을 뚫어도 흔적이 없네.

그래, 마음이 문제인 거다. 제아무리 번잡한 일상이어도 고요한 마음은 어디서든 만날 수 있는 법인데 말이다. 도심에 살아도 대숲에 이는 바람 소리, 계곡물 청아하게 흐르는 소리를 들을 수 있고, 어릴 적 살던 노을 진 강둑을 거닐 수도 있다. 먼지 풀풀 날리는 도시에서도 밝고 고요함 속에서 다시금 마음을 다잡아볼 수 있다.

최근 가톨릭 평화방송에 갈 일이 있었다. 처음 있는 일이라 지인을 통해 성경을 잠시 빌렸다. 성경에 대해 아무것도 모르고 가면 예의가 아닌 것 같아 조금이라도 훑어보고 갈 요량이었다. 그러나 이런저런 바쁘다는 핑계로 제대로 읽고 가지 못했다. 어쩔 수 없이 내가 아는 불교 이야기만

하다 왔다.

그래도 평화방송 초대 덕분에 잠깐이나마 성경을 볼 수 있었고, 매우 흡족한 구절을 발견했다. 21세기 해설판 구약성경 서론에 이르기를 "모든 사람이 한 형제자매와 혈육이 되어 자연과 조화를 이루면서 살아가고, 모든 사람과 모든 백성의 자유로운 삶을 핵심 목표로 삼도록 하는 것이 하나님의 계획"이라는 글이 있었다.

이 글을 읽고 반가운 미소가 지어졌다. 역시 모든 종교는 '자비 구현'이라는 하나의 목표를 향해 있구나 싶었다. "모든 이들을 내 가족처럼 여기고, 그들이 자유롭고 행복한 삶을 영위할 수 있도록 하는 것." 이것이야말로 모든 종교의 존재 이유 아니겠는가? 기독교의 사랑도, 불교의 자비도 결국엔 모든 존재의 평화와 안녕을 기원하는 것일 테니 말이다.

나도 출가하여 얼마 안 된 젊은 시절에는 각 종교마다 주장하는 바가 다르므로 종교마다의 차이점이 훨씬 더 크게 느껴졌다. 특히 유일신을 믿는 종교와 자기 자신을 찾으라는 종교가 서로 만나는 지점을 발견하기란 불가능한 일일 거라고만 여겼다. 하지만 세월이 가고 나이가 들수록, 불교 공부를 하면 할수록 나의 견해에도 변화가 생겼다. 종교가 세상에 필요한 이유는 오직 하나뿐이라는 생각이 강해졌다. 바로 '모든 존재가 함께 고통에서 벗어나 행복해지는 것'이다. 그리고 이것을 지향하지 않는 종교는 존재조차 어려울 것이라 생각한다.

불자들이 수시로 암송하는 불교의 《반야심경》만 보아도 세상의 공한 이치를 알아서 일체중생을 온갖 고통에서 벗어나게 하는 것이 주제다. 뿐만 아니라 부처님의 깨달음의 세계가 펼쳐지는 《화엄경》에서는 자비로운 마음으로 수행하고 해탈하여 자비 실천을 통해 모든 이들을 고통에서 벗어나게 하라고 가르친다. 밖에서 보면 불교는 인간의 내면을 통해 깨달음을 구하는 것이 목적인 듯 보이지만 사실 불교의 궁극적 목적은 진리에 대한 자각을 통해 모든 존재의 행복을 완성하는 데 있다.

평화방송에 다녀오자마자 서가를 뒤져 예전에 읽었던 《마음의 진보》를 찾아보았다. 이 책은 7년간 수녀 생활을 했던 세계적인 종교학자 카렌 암스트롱의 자서전이다. 내가 사는 비구니의 삶과 그녀가 이야기하는 수녀원의 생활이 무척 닮아 있어 공감이 갔던 책이다.

전후 사정이야 어떻든지 간에 그녀나 나나 17세에 각자 신과 부처를 만나기 위해 다 버리고 떠나는 선택을 했다. 스스로 무엇을 원하는지, 내 마음이 어떤지, 어떻게 다스려야 하는지 전혀 모르는 가여운 중생이었을 뿐이다. 그럼에도 불구하고 한 걸음 한 걸음 여기까지 왔다. 그 과정에서 얻게 된 비슷한 생각은 '열린 마음으로 바라보면 모든 것이 사랑이요, 자비요, 공감'이라는 점이다.

여럿이 모여 살려면 화합이 가장 중요하다. 다종교가 공존하는 사회에서는 서로를 인정해주는 자세가 필수이다. 그것이 곧 평화의 시작이기 때문이다. 인간관계에서도 마찬가지다. 평온한 삶의 온도를 유지하려면 무엇보다 자기 주변에 적대적인 사람을 줄여야 한다. 물론 아예 없으면 좋겠지만. 그러니 지금 이 순간을 평화롭게 만들고, 마음 열고 부드러운 미소로 대해야 자신이 원하는 평온한 삶의 여백이 생긴다.

브레히트의 시 〈아침저녁으로 읽기 위하여〉에 이런 구절이 있다.

내가 사랑하는 사람이
나에게 말했다
"당신이 필요해요"

그래서
나는 정신을 차리고
길을 걷는다*

우리의 삶은 홀로 떨어져 존재하지 않는다. 모두가 연결되어 있으며, 서로에게 서로가 절실히 필요하다. 물론 더러는 그로 인해 말썽이 생기기도 한다. 사랑에 빠진 사람 눈에는 오직 사랑하는 사람만 보여서 간혹 맹목적으로 행동할 때도 있기 때문이다.

그럼 그 사랑하는 대상을 확대해보면 어떨까? 사랑의 범위가 넓어지면 더 많은 존재가 자비로운 내 눈 안에 들어

* 김남주 번역 시집, 《아침저녁으로 읽기 위하여》(푸른숲, 2018)

올 것이다. 사랑하는 이가 있기에 오늘도 나는 정신을 바짝 차리고 길을 걷는다.

3장

저 산꼭대기를 바라보며 걷자

저 산꼭대기를 보라

지난겨울은 혹독했다. 기온이 영하로 떨어질 때마다 어서 이 겨울이 지나가기만을 손꼽아 기다렸다. 도시에 위치했으나 기울고 낡은 암자가 감당하기엔 버거운 겨울이었다. 걸핏하면 보일러가 얼어 멈추더니 날이 풀리자 수도가 터져 절 안에 물난리가 났다. 노후한 전선에선 불꽃이 튀고…. 그렇게 조마조마했던 겨울이 드디어 지나가고 있다.

심히 과장된 비유일 테지만 절에서 보내는 힘겨운 겨울이 내게는 마치 태국의 코끼리 조련법과 비슷하다는 생각을 일으킨다. '파잔Phajaan' 당하는 것 같다는 느낌이 종종 들었다. 파잔은 어린 코끼리를 기둥에 묶어두고 때리는 잔인한 코끼리 사육법이다. 어릴 적에 학대당한 충격이 너무 큰 나머지, 코끼리는 성장한 뒤에도 나무 기둥에 묶여 야생성을 잃고 도망칠 생각을 하지 못한다고 한다. 나의 출가 생활을 파잔과 비교하고 보니 억울하고 슬퍼진다. 하지만 암자에서 겪는 숱한 기상재해가 나를 이곳에 묶어두고 겁박하는 느낌이 드는 건 사실이다. 누가 내게 등 떠밀어 이리 사는 것도 아닌데 말이다.

아주 처절하게 자신과의 싸움으로 괴로워하던 행자 시절, 숨구멍처럼 내게 살아갈 힘을 주던 스님이 계셨다. 안타깝게도 그분은 지병이 있어 서른다섯 살의 나이로 일찍 입적하셨다. 마지막으로 한 번만 더 만나보고 싶어 찾아가려 했으나 허락 없이 절 밖으로 나갈 수 없는 처지라 쉽지 않았다. 어른 스님들은 매정하게도 허락해주지 않았다. 결국 입적할 때까지 만나지 못한 것이 한으로 남았다.

불교는 가장 개방적인 마음의 종교이지만 생활면에서 보면 가장 닫혀 있는 종교이기도 하다. 지금의 나는 꽤 많이 달라졌지만 행자 시절에는 추위에 떠는 길고양이처럼 한없이 움츠리고 고립되어 있었다. 특히나 독립적이지 못했고 절 안에서는 가장 약자의 지위였다. 어쩔 수 없다고 생각했다. 스스로도 옭아매어 생각하기를 '막 출가한 행자니까 묶인 코끼리처럼 사는 게 당연하다'고 여겼다.

이제와 돌아보면 그때 야단맞을 각오를 하고서라도 떠나는 이의 마지막 얼굴을 봤어야 했다. 어른들 말씀을 너무 잘 따랐던 그때의 내가 못마땅해 여태 비워낼 수 없는 아픈 후회로 남아 있다. 물론 그 후회 덕분에 큰 교훈도 얻었다. 그때 이후로 지금껏 타인 때문에 내가 하고자 하는 일을 못하는 후회는 결코 남기지 않으리라 다짐하며 살아왔으니까. 인생은 내가 저지른 일보다 해보지 못한 일들로 인해 더 후회하는 법이다.

언젠가 북아메리카 원주민의 메시지 중에서 이런 글을 읽은 적이 있다.

"핀 페 오비Pin Pe Obi"

'저 산꼭대기를 보라'는 뜻이다.

북아메리카 원주민 테와족의 어느 어르신이 달리기를 준비하는 젊은이에게 했던 말이다. 새로운 인생의 전환기에 접어든 이들에게 필요한 말인 것 같아 여기 적는다.

"네가 살면서 어떤 어려움을 만나든,
언제나 산꼭대기를 보는 것을 잊지 마라.
더 큰 것을 바라보라는 거란다. 기억하거라.
어떤 문제도, 어떤 어려움도,
그것이 아무리 어마어마해 보이더라도
용기를 잃지 말고 오로지 산꼭대기에만 집중하거라.
그것이 내가 너에게 주고 싶은 가르침이란다.
먼 훗날 우리가 다시 만날 때는 산꼭대기에서 만나자꾸나."*

돌아보면 여태 나는 산꼭대기를 보며 살아온 적이 없었다. 부끄럽게도 그와 비슷한 이상도 꿈꿔본 적이 없다. 남들에게는 꿈을 품고 살아가라 말하기도 했지만 정작 출가한 나 자신은 어떠했나. 마음만 자유롭고 홀가분하다면 아무렴 어떠랴 싶었던 것이다. 그렇다고 내가 열심히 살지 않

* 조셉 부루착, 《그래도 너의 길을 가라》 (북스넛, 2012)

았다는 얘기는 아니다. 소위 말하는 '깨달음'이라는 원대한 꿈을 향하기보다 늘 눈앞의 현실과 인간관계에 더 마음이 쓰여 고전했다는 사실을 말하고 싶을 뿐이다. 하지만 이 원주민의 글을 읽으면서 생각이 조금은 바뀌었다. '만약 좀 더 일찍 나만의 산꼭대기를 마음에 품었더라면 어땠을까?' 하고. 꿈이 있었더라면 숱한 어려움을 좀 더 수월하게 넘겼을지 모른다는 생각, 어쩌면 내 삶이 조금 더 나아졌을지도 모르겠다는 생각 말이다.

자신이 원하는 삶을 결정하고, 꿈을 꾸고, 계획하고, 추진하기에 좋은 시기는 언제나 스스로 만들 수 있다. 도끼와 나무로 이루어진 '새로울 신新'이라는 글자를 보자. 이 글자가 포함된 단어는 그 자체만으로 심장을 뛰게 한다. 신년, 신학기, 신입생, 신규, 신입사원, 신장개업 등등. 도끼로 나무를 다듬어 무언가를 창조해내듯 우리 앞에 펼쳐질 새로운 일들을 쪼개고 다듬어보면 좋겠다. 낡은 사고와 오래된 관념도 깨고, 묵은 원한과 미움도 풀고 조화롭게 다듬어보는 거다. 그 과정에서 겪는 사건 사고는 많아도 괜찮다. 어쩌면 사건 사고가 많은 만큼 경험도 풍부해지고 기회도 많아지는 법이니까. 물론 그것을 이해하기까지는 한참의 세월이 필요할 것이다.

파잔당한 코끼리가 기억에 얽매인 것처럼 과거의 트라우마에 매여 일생을 살 수는 없다. 새로 시작하고 싶다면 절실한 마음으로 다시 일어서서 저 산꼭대기를 바라보며 걷자. 적어도 일어날 용기만 내어도 절반은 회복된 것이나 다름없다.

시간이 나에게 가르쳐준 것

때로는 절간이 적막하다고 해서 처마 끝 풍경을 게으르다 탓할 수 있으리오. 뜸해진 바람을 탓하는 것도 조바심의 발로이다. 청룡암에서의 시간은 초고속이다. 흐르지 않거나 혹은 존재하지 않는 것처럼 느껴지기도 한다. 손아귀에서 모래가 빠져나가듯 한 해가 가버리고 어느덧 새해를 맞이했다. 그 어느 때보다도 해가 바뀐 것이 나는 좋다. 새 달력을 거는 것만으로도 가슴을 쓸어내리며 안심이 된다. 지난해보다는 새해에 더 좋은 일이 많을 거라는 자기 암시를 계속해서 불어넣는 중이다.

새해인 만큼 안부를 묻는 전화가 더러 걸려온다. 자신의 염원을 담아 새해 운세도 곧잘 묻는다. “스님, 새해에는 운세가 좀 풀릴까요?”라고. “글쎄요….” 소이부답笑而不答이라 했던가. 뭣 모르는 스님인지라 대충 웃으며 넘길 수밖에. 사람들은 자신의 운명을 예견하는 일에 참 관심이 많다. 새해 운세뿐만 아니라 꿈 해몽을 해달라는 사람도 있는데, 난들 알겠는가. 그저 웃는다. 그래서 말인데 탄허 스님 법문 중 무릎을 칠 만큼 아주 좋은 이야기가 하나 있다.

중국 휜제라는 황제가 곳곳에 만연한 미신을 타파할 요량으로 고민하다가 유명한 꿈 해몽가를 불러들였다. 그리고 그에게 말하기를, “그대가 꿈 해몽을 잘한다지? 그럼 내 꿈을 좀 풀어다오. 대신에 잘못 해몽하면 큰 벌을 줄 테다.” 그러면서 꾸지도 않은 꿈 이야기를 전했다. “간밤 꿈에 궁전 지붕의 기와 하나가 갑자기 새가 되어 날아가는 꿈을 꾸었는데 이게 무슨 꿈인가?”

해몽가가 말하기를 “예, 폐하 이 꿈은 흉몽입니다. 궁중에서 살인이 일어날 꿈입니다.” 이 말을 들은 황제는 잘 걸렸다 싶었다. 황제가 크게 노하여 꾸짖기를 "네 이놈, 요사한 놈 같으니라고. 이 꿈은 내가 꾼 꿈이 아니라 내가 너를 시험하기 위해 거짓으로 지어낸 이야기일 뿐인데, 뭐? 궁중에서 사람이 죽는다고?" 그때 황제의 말이 떨어지기가 무섭게 문밖에서 시종이 아뢰는 소리가 들렸다. "폐하! 큰일 났습니다. 지금 궁중에서 두 사람이 싸우다 사람이 죽었습니다."

깜짝 놀란 황제가 눈이 휘둥그레져 해몽가에게 물었다. "아니 이게 어찌된 일이냐? 내가 너를 시험하기 위해 거짓으로 지은 꿈 이야기를 했는데, 어떻게 그 거짓 꿈의 해몽이 이렇게 딱 맞을 수 있단 말이냐?"

그러자 해몽가가 말했다. "폐하, 꿈이란 마음으로 꾸는 것입니다. 잠잘 때의 꿈도 그러하고, 현실에서 일으킨 마음도 해몽가의 입장에선 다 같은 꿈인 것입니다. 따라서 한 생각을 일으키면 그것이 현실이든 꿈이든 이미 세상에 영향을 끼치는 것입니다."

해몽가의 말대로라면 세상 모든 것은 마음이 만들어내는 것이다. 꿈도 상상도 모두 자신의 의식이 담겨 있다. 마치 사람을 비추는 저 거울처럼. '일체유심조一切唯心造'라는 말은 어디에 대입해도 다 성립되는 단어인가 보다.

《사피엔스》를 쓴 유발 하라리에 의하면 호모 사피엔스는 허구적 상상력으로 문명과 문화를 일구며 사회적 협동을 할 수 있었고, 그로 말미암아 온갖 도전을 극복하며 이 지구의 주인공이 되었다고 한다. 그런데 사회적 협동을 통해 성공한 호모 사피엔스가 접촉을 끊고 사회적 거리를 두어야 했던 지난 몇 년간, 처음엔 도대체 어찌 살란 말인가 싶었다.

그렇게 걱정하고 고민했지만 인간은 역시 슬기로운 존재였다. 금세 온라인으로 소통하고, 각자 필요한 것들을 해결하며 살았으니 말이다. 연결의 방식이 단지 예전과 조금 바뀌었을 뿐이다. 답답하기도 하고 장벽이 없는 것은 아니었지만, 그런대로 주춤했던 삶은 온라인의 지대한 영향력으로 다시 고동쳤다. 마치 섬들이 물 밑에선 서로 연결되어 있듯 인간의 사회적 연결을 가능하게 한 것은 결국 우리의 마음이요, 상상력이었던 것이다. 우리가 이렇게 다시 일상으로 돌아올 수 있으니 얼마나 다행한 일인가.

꽉 막힌 세상을 산 후 나는 개인적으로 많이 변했음을 느낀다. 우선 사소한 일에 관심이 꽤 사라졌다. 물질에 대한 욕심도 줄었다. 어차피 인간이 할 수 있는 일이라는 게 크지 않고, 인생이란 게 대수롭지 않다는 생각이 밀려들면서 대수롭지 않은 일들은 적당히 흘려 넘길 수 있게 되었다.

그래서인지 살면서 큰 방향만 잡고 작은 일들은 그저 흘러가는 대로 내버려두는 습성이 생겼다. 좋고 싫음에도 크게 연연하지 않고, 있고 없음에도 흔들리지 않으려는 성향이 생긴 것이다. 전염병으로 갇혀 있던 시간들이 내게 가르쳐준 교훈이다. 우리에겐 날마다 좋은 날, 행복한 날들을 보낼 자유가 있음을 기억하며, 매일을 차곡차곡 쌓아나가길 바라본다.

꽃이 피니 마음 또한 웃네

'영원불멸의 사랑'이라는 꽃말을 지닌 산수유 큰 가지를 과감하게 꽂고 가지 사이사이에 수선화를 곁들이니 어딘지 모르게 그윽한 기품이 흐른다. 심지어 꽃을 꽂는 이의 마음마저 그리 만들어주는 느낌이다. 꽃을 불단에 올릴 때마다 기분이 좋아지는데, 오늘은 다른 날보다 더 각별한 우아함에 마음까지 설렌다. 안 되겠다. 원굉도의 《병사瓶史》라도 찾아봐야지.

원굉도의 설에 따르면 납매(12월 매화)에는 수선화가 어울린다고 적혀 있다. 과연 그러하리라. 상상만으로도 그림이 눈에 선하다. 읽다 보니 눈에 띄는 구절이 있다. "매화는 세상을 버린 학자에게, 해당화는 아름다운 손님에게, 모란은 성장한 젊은 처녀에게, 석류는 아름다운 여종에게, 물푸레나무는 영리한 애들에게, 연은 요염한 첩에게, 국화는 고인을 사모하는 고명지사에게, 12월의 매화는 파리한 수도승에게…."

파리한 수도승에게 주는 매화라니, 어찌 저리도 승려의 속내를 잘 알았을까. 밋밋한 일상에 매화 한 가지만 있어도 마음이 흡족해지고 환해진다는 사실을 말이다.

이처럼 요즘 나는 꽃꽂이에 푹 빠져 있다. 불단에 올리는 꽃꽂이와 손바닥만 한 화단 가꾸기로 봄맞이를 대신하고 있다. 그래서 우리 절 화단은 이미 백화만발이다.

오늘 아침도 하염없이 꽃을 바라보며 흐뭇해하는데 부산 관음사 지현 큰스님으로부터 아침 문자가 왔다. '운명은 좋은데 마음씨가 사악하면 복덕이 재앙으로 바뀌고, 마음씨는 선량한데 운명이 나쁘면 재앙이 바뀌어 복덕이 된다'는 글이었다. 마음씨는 운명을 순탄하게 변화시킬 수 있으니 현명하고 어질게 쓰라는 말씀이다.

글을 꽃 앞에서 확인해서인지 햇살 받은 꽃과 내 운명에 대한 회상이 묘하게 겹친다. 절집에서의 시작은 그리 아름답지 않았지만 지금은 고만 평온하게 사는 것처럼 이 꽃도 그러하리라. 내 손에 한 번 더 잘린 꽃의 운명은 비운일 테지만, 결국엔 불단을 장엄하니 어쩌면 좋은 운명으로 끝나는 것이 아닐는지.

꽃 타령을 하다 달력을 보니 어느덧 선거 날짜가 다가온다. 민주주의에도 꽃이 있어 그것을 '선거'라고 하던데, 글쎄…. 과연 그러한지는 모르겠다. 한 번도 꽃 같은 선거를 본 적이 없고, 꽃처럼 환하게 민주사회가 밝아지는 선거도 해본 적이 없는 듯해서다. 고작해야 좋은 추억이라곤 운문사 강원 시절, 스님들과 함께 트럭 뒤에 올라타 인근 학교에 투표하러 갔던 기억 정도랄까. 물론 누굴 찍어야 할지 아무것도 모른 채 사람들의 수군거림에 귀 기울여 살짝 마음에 담아두었다가 눈치껏 찍었다. 유권자가 이리도 어리석으니 선거 후가 맘에 들지 않아도 쉬이 비난할 수가 없다.

민주주의의 꽃을 피울 사람, 그러니까 정치할 사람들은

국민이 인간다운 삶을 영위하게 하고, 상호간 갈등과 이해도 조정하면서 사회질서를 바로잡는 역할까지 해야 할 텐데, 더 훈련이 필요해 보이는 모습이 자주 눈에 띈다. 뭐 나도 딱히 말할 처지는 못 되지만 유권자라는 이유로 한마디 거들어본다.

예전에 베르나르 베르베르의《개미》라는 책을 보며 개미가 살아가는 방식이 인간보다 더 이성적이고 훈련이 잘 되어 있다는 생각을 한 적이 있다. 작가가 인간에 대해서는 미시적으로 쓴 데 반해, 개미는 조직구성과 그 체계까지 매우 거시적인 방식으로 기술해서 그런지도 모르겠다. 아무튼 개미만도 못한 인간일 리 없겠지만 개미사회가 혼돈의 시대를 겪는 어느 국가에 비해서 안정된 형태를 가지고 있음은 분명해 보였다.

선거에 나온 사람들은 서로를 비방하거나 자신이 뭔가 잘할 수 있다고 말한다. 공약 또한 내 귀에는 신뢰를 벗어난 호객 행위로 들린다. 자신의 의지를 피력하는 것은 좋으나, 그렇다면 유권자가 자신을 믿고 지지할 수 있는 확실한 지점이 무엇인지 생각해보았는가 묻고 싶다.

노자가 말했다. “뛰어난 용사는 성급하게 전진하지 않고, 잘 싸우는 병사는 노여워하지 않는다. 훌륭한 정복자는 대적하여 싸우지 않고도 승리하며, 부하를 잘 다스리는 자는 자신을 낮출 줄 안다”라고.

앗, 꽃 얘기가 너무 멀리 왔구나. 꽃은 자고로 차를 마시면서 감상하는 것이 으뜸이라 하더이다.

봄날, 고양이의 눈

도시 암자에서 맞이하는 몇 번째 봄인가. 아지랑이, 꽃가루, 느릿하게 흐르는 구름과 바람, 이 모두가 삭발한 나에게도 봄날의 수채화처럼 슬며시 번져온다.

부처님 가르침대로라면 더 열심히 정진해야 할 테지만 온전한 수행자의 모습은 간데없고, 이런저런 일에만 온통 신경이 가 있다. 일은 많고 피로는 늘고 삶은 허망하니 인내심이 필요한 때다. 그래서인가? 봄이 오면 이상의 소설 〈봉별기〉의 첫 문장이 떠오른다. "스물세 살이오—삼월이오—각혈이다"라던, 괜히 잘 알지도 못하는 20세기 초의 유치

한 분위기에 잠겨 달달한 커피 한잔을 마시곤 한다.

누가 말했던가? "변화무쌍하여 그 실체를 알 수 없는 것은 세 가지이다. 첫째는 오뉴월의 구름이요, 둘째는 고양이의 눈, 그리고 세 번째는 여자의 마음"이라고.

언젠가부터 까만색 새끼고양이 한 마리가 이따금 암자를 들락거렸다. 허락도 없이 나지막한 벽을 타고 넘어와 눈치를 보며 어슬렁거리기도 하고, 조그만 툇마루에서 제집인 양 늘어지게 졸곤 했다. 이 녀석은 빨리 달리는 법도 없고 항상 조심스럽게 굴었다. 무료하여 조는 듯해도 가느다랗게 반개한 눈에는 긴장을 감추고 있었다. 길고양이라 그런지 사회생활을 거부하고 저 혼자 치열하게 생존의 노력을 하고 있는 듯했다.

마음에 거리를 두고 '도시의 외로운 사냥꾼'을 가끔씩 지켜보다가 추운 겨울나기가 저나 나나 힘들지 싶어 사료를 사서 먹였다. 불단에 올릴 흑임자 떡을 담고 있을 때 사제 스님이 이름 하나 지어주면 어떠냐고 하여 그때부터 '흑미'라고 불렀다. 그날부터 흑미가 된 까만 길고양이는 밥을 먹으면서도 어찌나 눈치를 살피는지 다른 고양이보다도 경계심이 더 많았다. 주는 이는 없어도 받는 이는 있는 게 눈치일 테니, 저 눈치는 온전히 흑미의 몫이려니 생각했다.

공양 시간만 되면 나타나는 저 녀석은 대체 무슨 생각을 할까? 생각을 하기는 할까? 근데 뭔가 다 안다는 듯 응시하는 저 눈! 퍽 꺼림칙하다. 겨우 밥을 주며 눈을 마주치고 이름을 불러주고 나서야 천천히 표정도 눈빛도 보이고 친근해지기 시작했다.

여기서 잠깐 장자의 '추수편' 이야기를 꺼내야겠다. 장자와 혜자가 호수의 다리에서 거닐다가 장자가 말했다. "물고기가 나와서 한가로이 놀고 있으니 이것이 바로 물고기의 즐거움일세." 이에 혜자가 대꾸하기를 "자네는 물고기도 아닌데 어떻게 물고기의 즐거움을 알 수 있겠는가?" 다시 장자가 반박하기를 "자네는 내가 아니면서 내가 물고기의 즐거움을 알지 못하는지 어떻게 알 수 있겠는가?" 하였다. 장자에 의하면 사람도 서로의 마음을 정확히 알 수 없다고 하는데 동물의 마음인들 어찌 알겠는가.

불교의 한 학파에서는 모든 존재는 물질, 마음, 개념,

유형, 무형 등 다섯 가지 유형으로 나눌 수 있고, 그 다섯 가지 유형에 속하는 세부 존재들은 총 100가지가 있으며, 이를 오위백법5位 100法이라고 한다. 이 가운데 '마음'이 67개다. 전체 100가지 중 3분의 2가 넘는다. 그만큼 마음에 대한 탐구가 많다는 뜻이다. 이것만 보아도 과연 불교를 마음의 종교라고 부를직하다.

그렇다고 불교가 말하는 67개의 마음으로 변화무쌍한 봄날과 고양이 눈빛을 포착할 수 있을까? 한순간도 머물지 않는 내 마음은 그럼 알 수 있을까? 물도 흘러가고 배도 흘러가는데, 배에서 빠뜨린 칼을 찾겠다고 표시해둔들 뱃전에 그어놓은 표식으로 그 칼을 찾을 수 있을까 하는 말이다.

불교는 모든 것을 회의적인 눈으로 살피면서 무상과 무아라는 '자유롭고 고요한 세계'에 도달했다. 그러면서도 늘 따뜻한 자비를 행하라고 한다. 사람은 태어나서 죽을 때까지 잠시라도 타인의 보살핌과 도움 없이는 생존이 불가능하니 일평생 누군가에게 여러 차례 신세를 지게 마련이다. 이것만으로도 우리가 서로를 도와야 할 이유가 될 터이고 불교에서 말하는 '자비'의 시작인지도 모르겠다.

저 고양이는 자신의 의지와 무관하게 태어나 많은 시간을 자력으로 살아가는 듯하다. 밥을 찾긴 해도 일견 힘 있어 보이는 인간에게조차 비굴한 표정으로 호의를 구하지 않는다. 남에게 의존하지 않는 고양이 특유의 삶의 태도인가 보다.

하지만 이따금 남의 호의는 대범하게 수용하면서 남에게 자비를 베풀 생각은 없는 고양이의 삶이 왠지 차고 쓸쓸해 보인다. 봄날 절집 툇마루 한 귀퉁이에서 어슬렁거리는 고양이를 보니 무심한 듯 냉정한 눈을 가진 고양이의 외로움이 안쓰럽게 느껴진다. 하지만 나는 모른다. 저 고양이가 진정 외로워하는 것인지 아닌 것인지.

아름다운 균형

비 내리는 날, 산문을 닫아 걸고

책 한 권을 골라 읽다 차 한 잔을 우린다.

'마음이란 대체 무엇인가.'

마음의 발생 경로를 추적하다가 이내 마음을 접는다.

이런저런 망념들이여, 어서 떠나라.

맑은 차로 씻어 내린다.

향 한 자루 꺼내어 불을 붙여

휘익 허공에 한 바퀴 원을 그려 향로에 꽂는다.

무슨 애착이 이리도 깊은지,

삶의 오련한 기억들이 기웃기웃 스며든다.

향로에 툭 하고 떨어지는 재 한 토막,

마음의 탐욕도 성냄도 한 줌 내려앉는다.

식은 재처럼 살리라.

눈을 감고 귀 기울여 향을 듣는 시간.

이 고요한 시간.

평생 내가 남긴 쓰레기는 얼마나 될까

5월은 1년 중 가장 큰 불교 행사인 '부처님오신날'이 있어서 스님들에겐 기쁘고도 분주한 달이다. 연등회 행렬도 보고 모처럼 즐겁고 신나게 보낸 후, 행사가 모두 지나고 며칠 동안 몸살을 앓았다. 겨우 정신을 차리고 보니 내 방은 물론이요 도량 곳곳에 아직도 치워야 할 쓰레기가 널려 있다. 기력은 없는데 주지 소임을 살다 보니 습관적으로 도량에 치워야 할 것들이 먼저 눈에 띈다. 하다못해 부처님 전에서 뭉개지도록 피고 진 꽃들도 온통 치워야 할 쓰레기로 보일 때도 있다.

이곳저곳 청소하다 보니 쓰레기가 만만치 않았다. 분명 행사 당일에 많이 치웠는데도 크고 작은 쓰레기가 나왔다. 작은 절에서 쓰레기가 이렇게 많이 나오면 대체 어쩌자는 것인가. 청소를 하면서 쓰레기 분리수거 날짜를 다시 챙겨보았다. 행사 하나 치를 때마다 우리는 얼마나 많은 쓰레기를 만들어내는가 반성하지 않을 수 없다.

세상에 태어나 강산을 위해 나무 한 그루 제대로 심은 적도 없는데, 나는 일생 동안 얼마만큼의 쓰레기를 남기고 이승을 떠날 것인가. 남을 위해 산다면서 이래도 될 일인가. 구시렁구시렁 생각에 생각이 꼬리를 물고 복잡한 머릿속을 헤집었다.

코로나 이후 우리나라 하루 평균 쓰레기 배출량이 50만 톤을 넘어섰다는 기사를 읽은 적이 있다. 정말 이러다간 푸른 청산이 아니라 머지않아 쓰레기 산에 둘러싸여 살지도 모를 일이다. 더구나 최근 전 세계는 한파에 폭설, 초대형 산불, 가뭄에 홍수까지 극심한 이상기후 현상에 몸살을 앓는다. 생각해보면 이 모든 것들이 결국은 우리가 초래한 과보 아니겠는가.

지금까지 우리에겐 '아낌없이 주는 나무'가 있었다. 돈이 필요하다고 하니 사과를 따 돈을 마련하게 해주고, 살 집이 필요하다 하니 나무를 잘라 집을 짓게 해주고, 바다에 가고 싶다 하니 밑동을 잘라 보트를 만들게 해주고, 노인이 되어 돌아오자 베이고 남은 그루터기에 앉아 쉬라고 했던 그 아낌없이 주는 나무 말이다. 자연은 인간에게 많은 것을 내어주고 그것도 모자라 마지막엔 휴식처가 되어주었는데, 인간은 평생 자신도 모르는 사이 자연을 훼손하는 일만 하다가 세상을 떠나는 것 같다.

세제를 맘껏 풀어 쓰고, 물을 펑펑 써대고, 플라스틱 비닐을 함부로 버리고. 오래전 청담 큰스님께서 계곡물에 머리 감는 스님을 보고는 물 아껴 쓰라며 호통을 치셨던 적이 있다. 그 벼락같은 불호령이 다시금 필요할 때다. 처음 이 야기를 들었을 땐 머리 깎은 사람이 머리를 감아 봤자 물을 얼마나 쓴다고 그러실까 싶었는데, 세월이 흐르고 보니 큰스님은 이리 될 줄 이미 아셨나 보다.

물건도 문제다. 정신 차리고 둘러보면 부질없는 것들이 참 많다. 젊어서는 어떻게든 내 공간을 좋아하는 물건으

로 채우느라 시간 낭비, 돈 낭비, 공간까지 낭비했다. 인생을 물건으로 채우면 안 되는데 빌려보면 되는 책도 쓸데없이 사들여 꽂아두고는 저 혼자 좋아했던 게 이제와 생각하면 몹시 부끄러운 일이다.

지금은 어떤가. 다시 물건을 정리하고 치우는 데 또 공을 들인다. 책뿐만 아니라 옷도 마찬가지다. 이 모든 것들이 내가 죽고 나면 결국엔 쓰레기로 남아 먼지로 돌아갈 텐데, 보고 있노라면 답답한 노릇이다.

아마도 인간에게는 적게 가지고 만족하며 사는 삶이 가장 이상적일 것이다. 이 아름다운 계절을 몇 번이나 싱그럽게 맞이할 수 있을지 생각해본다면 자연을 대하는 태도도 적극 바꿔야 할 시기이다. 후손을 위한다고 말들 하지만 그 후손이 결국은 다음 생의 자신이 될 것이다. 내생의 나 자신을 위해서라도 자연을 더 배려하고 아끼며 살아야 하지 않을까.

맑게 살고 싶다면

1. 방 안의 쓰레기를 치운다. 이것이 기본!

2. 불필요한 물건은 최대한 없앤다. 멀쩡해도 사용하지 않는 것이라면 정리 대상이다.

3. 차마 버리지 못한 기념품은 눈에 띄지 않도록 넣어둔다. 그렇게 넣어두었다가 마음이 식을 때마다 하나씩 처리한다.

4. 매끼를 찾아 먹되 소량으로 먹는다.

5. 내 몸에 맞는 것, 좋아하는 음식을 먹는다. 자기 몸이 차다면 찬 음식을 삼가야 하는 것처럼 자신의 건강을 위한 것과 좋아하는 것을 잘 찾아 섭취해야 한다. 절제가 필요한 사항이다.

6. 자신의 생활에 맞지 않는 사치품은 사지 않는다.

7. 몸무게는 적절하게 유지하도록 한다. 지나치게 다이어트에 목매지 마라. 몸도 마음도 다 상한다.

8. 자신의 마음은 매일 돌본다. 내 마음에 아픈 곳은 없는지, 상대에게 과하게 집착하고 있는 것은 아닌지, 욕심을 부리거

나 참을성 없이 화를 내지는 않았는지 살펴볼 것. 마음을 유연하게 만드는 연습, 자신을 다스리는 연습을 늘 해야 한다. 내가 조금 손해 보는 선택이 길게 보면 가장 현명한 길이다.

9. 건강한 몸을 위해서는 많이 움직여야 한다. 움직임 속에서도 마음의 고요함을 찾을 수만 있다면 당신은 수행자다.

10. 여기에서 무엇보다 중요한 것은 '꾸준한 실천'이다.

오늘은 내가 문화유산 지킴이

어려서부터 시력이 매우 나빴던 나는 항상 밝은 곳만을 찾았다. 심지어 하늘 가득 별이 총총한 시골의 밤조차도 싫었다. 밤이 되면 꼼짝없이 어둠에 갇힌 듯 무서웠다. 그런데 절에 들어와 보니 부모님과 함께 살던 시골집은 그나마 나은 편이었다.

처음 스님 따라 들어가 살던 토굴도, 몸이 아파 머물렀던 산속 절도 밤이 되면 칠흑같이 어두워서 곧잘 침착함을 잃었다. 해 떨어진 뒤에 해우소라도 한번 가려고 하면 사방이 깜깜해 도량에서 마주치는 것이 사람인지 짐승인지, 아니면 귀신인지 확인하려 눈을 희번덕거렸다. 그때마다 어서 이곳을 벗어나 밝고 편한 곳으로 나가 살리라 생각했다.

그러나 입산한 지 30년이 넘도록 내 맘에 들게 밝은 도량에서 살아본 적이 없다. 큰 도량이라고 해서, 문화재가 있는 고찰이라고 해서 크게 다르지 않았다. 천년을 이어온 아름다운 문화재일수록 융통성이 없어서 더 많은 불편을 감내해야 했다. 아름다움 이면에 겪어야 하는 출가자의 불편은 어느새 수행이란 이름으로 그럴싸하게 포장되었다. 물론 그것이 우리 문화재를 지키는 입장에서는 당연히 감내해야 할 불편함이라는 것도 잘 안다. 다만 전통의 기반 위에 오랜 세월 동안 그것을 지켜내기가 결코 쉽지 않았다는 사실을 말하고 싶을 뿐이다.

교토에서 살았을 때, 고류지(광륭사)의 목조미륵보살반가사유상(일본 국보 1호)을 보러 가곤 했다. 반가사유상은 교토에 사는 사람이라면 절대 한 번만 보고 말 수 없는 아름다운 문화재다. 어떻게 이런 미소를 만들었을까 싶을 정도로 고결한 아름다움을 지녔다. 게다가 우리나라에서 만들어

가져갔다는 설도 있고, 우리나라 소나무(적송)를 구해 일본에서 조성했다는 설도 있어 여러모로 내겐 친근한 보살상이었다.

반가사유상을 처음 보러 갔을 때가 생각난다. 찬바람이 불어 절은 썰렁했고 법당은 어두컴컴했다. 마침 날씨까지 흐리고 삭막해서 이런 날 보기엔 너무 어두운 조명을 설치한 게 아닌가 싶을 정도로 조도가 낮았다. 가까이 다가가니 그래도 보살상의 미소를 보다 명확히 볼 수 있도록 얼굴 조명이 따로 설치되어 있었다.

드디어 마주한 미륵보살반가사유상, 그야말로 넋을 홀랑 빼앗길 정도로 아름다운 순백의 부처님 미소를 담고 있었다. 그 심오하고도 신비로운 미소에 반해 얼마나 오랫동안 그 앞에 서 있었는지 모른다. 스르르 눈물이 났다.

20여 년 전 처음 갔을 때는 미소만큼은 선명하게 볼 수 있도록 밝은 조명이 설치되어 있었는데, 몇 해 뒤엔 그마저도 없애고 보살상 전체를 비추는 은은한 조명만이 남아 있었다. 당시 그 절 비구니 스님과 우연히 만나 이런저런 얘기를 나눈 적도 있었는데 나무가 상할까 봐 얼굴 조명까지

없앴다는 것이다. 관람객 입장에서는 그 미소가 확연히 드러나지 않아 몹시 아쉬웠지만 문화재를 아끼는 마음은 남의 나라지만 오히려 장하고 귀히 여겨졌다.

생각해보면 우리나라 절에는 반가사유상 못지않은 아름다운 불상과 탑이 많다. 절뿐만 아니라 임야까지 포함하여 문화재로 지정된 곳도 적지 않다. 팔만대장경을 모신 합천 해인사만 해도 해인사를 포함한 1,000만 평에 달하는 가야산 일원이 모두 '명승 62호'로 지정된 국가지정 문화재다. 임야까지 문화재일 줄은 아마 대다수 국민들이 모르는 사실일 것이다.

양산 내원사 선원에 살 때는 천성산이 참 좋았다. 이른 아침에 포행 다니면서 사람들이 버리고 간 쓰레기를 주워서 들고 오곤 했다. 누가 시킨 것이 아니라 그저 산이 좋아서, 비닐 하나도 산자락에 끼어 있게 하고 싶지 않아서 그랬을 뿐이다. 한 스님이 그런 나를 보고 웃으면서 말했다. "지금도 이리 고운데 다음 생에 얼마나 더 예쁘게 태어나려고 그리 쓰레기를 줍는 거야? 안 되겠다. 나도 주워야겠네." 우리는 아침마다 포행을 나가 함께 쓰레기를 주웠다.

스님들은 절에서 수행만 하지 않는다. 도량 정비에, 산지킴이까지 할 일이 참 많다. 물론 절도 스님도 그 나름이겠지만 대체로 변화무쌍한 자연에 휘둘리지 않고 문화재를 지키기 위해 소임을 다한다. 한반도 역사에서 아름다운 우리 문화재와 불교는 떼려야 뗄 수 없는 관계니까.

한국은 이제 어느 나라 못지않게 잘사는 나라가 되었고, K팝, K드라마, K문화가 세계 각 나라 문화에 영향을 끼치고 있다. 예전에 탄허 큰스님께서 "한반도가 세계문화의 중심이 될 것"이라 예언하신 내용과도 일치한다. 그리고 그 근간을 거슬러 올라가면 역시 가장 한국적인 것에 중심이 잡혀 있다.

특히 1700여 년을 이어온 한국의 불교문화에 깊은 영향이 있음은 부정할 수 없는 사실이다. 마음과 사물이 따로 존재할 수 없듯 한국불교는 이미 종교를 넘어 우리의 전통문화요 역사이며 세계가 인정한 문화유산이다. 자긍심을 가지고 이 사실을 부디 기억해, 오래도록 보살펴나가면 좋겠다.

당신은 지금 어디 있습니까?

태풍이 물러가자 눅눅해진 법당에 향과 초를 켜놓고 호흡을 가다듬으며 고요히 앉아본다. 거센 비바람에 온몸을 흔들던 처마 끝 풍경처럼 어수선했던 마음을 따라가니 거기 의문 하나가 남는다. '나는 지금 어디쯤 와 있을까?'라는. 그러다 문득 그림 한 점이 떠올랐다. 〈우리는 어디서 왔고, 우리는 무엇이며, 우리는 어디로 가는가〉라는 고갱의 작품이다. 오래전, 인생을 논하며 한 스님이 내게 이 그림을 아느냐고 물은 적이 있어 기억한다. 제목에서도 알 수 있듯 인생의 행로를 생각하게 하는 명작이다. 나처럼 그림에 문외한이어도 무엇을 말하는지 알 수 있도록 작품 제목이 그림 왼쪽 맨 위에 적혀 있다. 나이 불문하고 모두가 느낄 만한 인생에 대한 불안한 심리가 그림에 깔려 있는 듯 보인다. 그림을 찾아보며 다시 또 물었다. 나는 지금 어디 서 있을까?

어릴 땐 하루가 왜 그렇게 길던지 시간이 안 가서 강가의 해 저무는 노을을 바라보며 우두커니 앉아 있는 날이 많았다. 그런데 어느덧 인생이 짧게 느껴지는 나이가 되었다. 변한 건 젊어서는 남이 내게 준 상처를 곱씹으며 살았다면, 지금은 내가 남에게 준 상처에 대해 생각하고 후회한다. 그리고 이제야 알게 되었다. 모든 것의 원인은 나의 욕심과 성냄과 어리석음에서 비롯되었음을. 그러니 좀 더 지혜롭게 살고 싶다.

출가자든 아니든 방향만 다를 뿐 인간의 욕망에는 쉼이 없다. 가끔 자신은 욕심 많은 사람이 아니라고 손을 내젓는 사람도 있지만 그렇게 세속적 잣대에 관심 없다고 말하는 사람도 알고 보면 진실이 아닐 공산이 크다. 초월한 듯 살아도 결국 그 이면에는 명예를 유지하고픈 욕망이 감춰져 있기 때문이다.

특히 인생에서 자신이 지금 어디 있는지 살펴보면 탐욕과 성냄과 어리석음에 얼마나 휘둘리며 살아왔는지 알 수 있다. 그로 인해 발생하는 불편하고 불온한 감정 또한 얼마나 많았던가. 돌아보면 그런 어리석은 마음 작용이 인생을 엉뚱한 방향으로 자꾸만 밀어냈다. 자기가 있어야 할 자리를 떠나게 만들고, 외면하고 회피하도록 말이다.

중국 당나라 때 배휴裵休라는 불심 깊고 학식도 뛰어난 관리가 있었다. 그가 하루는 절을 찾았다. 마침 그 절에는 돌아가신 옛 고승들의 초상화를 모신 작은 법당이 있었다. 배휴는 법당을 안내하는 주지 스님에게 "영정은 여기 있는데, 고승은 지금 어디 있습니까?"라고 물었다. 당황한 주지 스님은 뒷방에서 참선하는 스님을 불러와 배휴를 응대하게 했다. 그때 등장한 뒷방 스님이 바로 황벽 선사다.

선사가 오자 배휴가 다시 물었다. "스님, 영정은 여기 있는데, 이 고승들은 지금 어디 있습니까?" 그러자 황벽 선사가 호령하듯 말했다. "배휴여! 그러는 당신은 지금 어디 있는가?" 이에 배휴는 대답하지 못했다.

불교에서 말하는 수행의 힘은 결국 근원적인 질문을 할 줄 아는 힘이며, 근원적인 것을 꿰뚫어 핵심을 파악하는 안목이다. 배휴가 자기 딴에는 근원적인 질문을 한다고 했으나, 황벽 선사는 배휴가 서 있는 자리를 도리어 꿰뚫어 되물었다. 그렇게 묻는 당신은 지금 어디 머물러 있느냐고.

사람들은 삶의 문제를 객관화하여 이야기하는 버릇이 있다. 삶에서 자기 자신은 쏙 빠져버리고 객관적인 척 남 이야기만 한다.

이제 우리 다시 한번 차분히 살펴보자. 나를 행복하게 하는 것은 무엇인가? 나를 슬프게 하는 것은 무엇인가? 나를 불안하게 하는 것은 무엇인가? 이러한 상황에서 대처하는 나의 행동은 과연 어떠해야 하는가?

가장 중요한 것은 자기가 선 자리를 명확하게 인식하면서 자기답게 살아가는 일이다. "일 년 중 아무것도 할 수 없는 날은 단 이틀뿐이다. 하루는 '어제'이고 또 다른 하루는

'내일'이다. '오늘'은 사랑하고 믿고 행동하고 살아가기에 최적의 날이다."* 달라이 라마 존자의 말씀처럼 그저 오늘을 열심히 살아갈 뿐이다.

* 달라이 라마, 《아침에 일어나면 꽃을 생각하라》 (불광출판사, 2018)

붙잡고 있는 손을 놓기만 하면 된다

첼리스트 양성원과 국립심포니오케스트라의 협연이 있다 하여 지인을 통해 어렵사리 교향악축제 표를 구했다. 명성으로만 듣던 양성원의 첼로 연주를 직접 듣게 되다니, 가슴이 마구 콩닥거렸다. 그런데 음악회가 시작되자 뜻밖의 일이 생겼다. 그리도 기대하던 첼리스트는 아직 나오지 않았는데 오케스트라 화음을 듣는 순간 나도 모르게 눈물이 나온 것이다. 2층 맨 마지막 줄에 앉아 있는 내게까지 전해지는 오케스트라의 진동이라니. '안이비설신의眼耳鼻舌身意' 모든 세포와 감각이 한꺼번에 깨어나는 듯했다.

손수건으로 눈가를 꾹꾹 누르며 음악을 듣고 있노라니 머지않아 기다리던 첼로 연주자가 나왔다. '이제는 좀 초연하게 들어봐야지' 하며 편안한 자세로 고쳐 앉았다. 그러나 불과 몇 초 지나지 않아 어느새 등을 웅크리고는 두 손을 모으고 그의 고독한 선율에 빠져들었다. 인간의 울음소리와 가장 닮은 악기가 첼로라고 했던가. 하마터면 첼로 선율 따라 소리 내어 흐느낄 뻔했다. 마치 파블로 카살스의 그 유명한 '새의 노래El Cant dels Ocells'처럼.

이 곡은 카탈루냐 지역의 민요를 세계적인 첼리스트 파블로 카살스가 첼로곡으로 편곡한 것이다. 그는 전쟁에 상처 입은 자신의 고향 카탈루냐를 그리워하며 이 곡을 연주했는데, 자신의 고향에선 새들이 'peace peace' 울어댄다고 설명하며 평화와 반전에 대한 염원을 담아 연주했다. 거장의 구슬픈 구음이 섞인 1961년 백악관 초청 연주는 특히나 처연하고 아름답다.

첼로 선율에 흐느낄 만큼 내가 그동안 뭘 그리 힘들게 살았던가? 그러고 보니 절 소임을 맡으면서 최근 몇 년 동안 일단 고요한 시간이 줄었고, 평온한 음악과도 멀어졌다.

그간 간간이 읽던 책들도 먼지가 소복이 쌓였으며, 일주일 이면 한두 번씩 가던 서점도 더딘 연중행사가 되고 말았다. 더 이상 좋은 인연들과 전화도 하지 않으며, 가끔은 치열하게 마주하던 마음도 챙기지 않게 되었다. '아, 그랬구나. 좋아하는 것들과 이리 단절되어 살고 있었구나.' 뒤늦게 알아차리고도 실은 돌이킬 방법이 막막하다.

부질없는 것들에 탐착하며 사느라 아마도 나는 많은 것들을 잃어버렸나 보다. 사찰 관리하는 일에 치우쳐 나도 모르게 절에 집착이 생겼고, 그로 인해 삶도 자유롭지 못하고 평온하지 못했다. 예민한 듯하지만 아둔한 나는 늘 이렇게 뒤늦게 돼서야 그걸 깨닫는다. 그 헛된 집착과 쓸데없는 소유욕을 놓아버리지 못한 채로 말이다.

지금의 나 같은 이들에게 꼭 필요한 이야기가 있다. 리처드 바크의 《환상》이라는 책을 소개한다. 맑은 강물 밑바닥에서 군락을 이루고 사는 생물들의 우화를 통해 주제를 풀어간다. 책 속에 나오는 강물 속 생물들은 각자 강 밑바닥에서 바위와 나뭇가지에 매달려 산다. 뭐든 매달려 사는 것이 그들의 생활방식이다. 이들 중에 매달려 사는 게 너무 싫고 지겹게 느껴지던 한 생물이 있었다. 그는 늘 궁금했다. '만약 내가 손을 놓아버리면 어떻게 될까?' 주위 생물들은 생활 방식을 버린다는 둥 뚱딴지같은 생각을 하는 그가 몹시 걱정스러웠다. 하지만 결국 그는 주위의 걱정과 만류를 뿌리치고 잡고 있던 손을 용기 내 놓아버린다.

손을 놓자 강 물살에 이리저리 부딪치며 여러 차례 죽을 고비를 넘기게 된다. 그럼에도 그는 다시 뭔가를 붙잡으려 하지 않았고, 어떤 것에도 매달리기를 거부했다. 그러자 이번에는 강줄기의 큰 흐름이 그를 밑바닥으로부터 들어 올렸다. 자유롭게 둥둥 떠내려가게 한 것이다. 재밌는 것은 그다음이다. 멀리서 강물 위를 둥둥 떠내려오는 모습(밑에서 보면 하늘을 나는 듯 보인다)을 하류 생물들이 본 것이다. 그 모습을 보고 하류의 강바닥 생물들은 기적이 일어났다며 환호하고 난리가 났다. 그리곤 갑자기 그를 '메시아'라 부르더니 자신들을 구원해달라고 외친다.

강물 위를 떠내려가던 그는 자신은 당신들이 원하는 메시아가 아니라고 알려주었다. 그저 우리가 저마다 꼭 붙잡고 있는 손을 놓기만 하면 강물이 우리를 자유롭게 해줄 거라 말했다. 하지만 강바닥 생물들은 이 말을 듣고도 자신들이 붙잡고 있는 손을 놓지 못한다. 그저 강물 위를 떠내려온 이를 숭배하며 메시아의 전설을 만들어내고, 그 이야기를 대를 이어 여러 생물들에게 전한다.

책 속 이야기이긴 하지만 이는 참 많은 것들을 상징한다. 우리가 가지고 있는 세상에 대한 어떤 고정관념이나 특정한 자기만의 집착을 놓아버리기만 하면 더 진실하고 자유로운 삶을 영위할 수 있음을 알려준다. 오래된 책이지만 숨 가쁜 세상을 살아가는 우리에게 마치 꼭 필요한 약을 처방해주는 것만 같다. 생각해보라. 우리도 늘 어딘가에 매달리고 집착하며 살아가는 존재들이다. 물속 생물들처럼 손을 놓기만 하면 된다. 매달리지만 않으면 된다.

그러나 그게 참 어렵지 않은가. 설령 이러한 사실을 알고 있다 해도, 좋고 싫은 마음에 현재 붙잡은 것들을 내려놓지 못한다. 더구나 자신이 살아온 삶의 방식에서 벗어나면 뭔가 큰일이라도 나는 것처럼 생각하니 말이다. 출가를 하든 안 하든 이러한 삶의 속성은 비슷한 것 같다. 물론 형태

면에서만 본다면 출가자는 한 번쯤 붙잡은 손을 놔본 사람들이라고 볼 수도 있을 것이다.

《환상》 속에 이런 글도 눈에 띈다.

> "우리들 각자의 내부에 건강과 질환, 부유와 빈곤, 자유와 굴종에 대한 동의同意의 힘이 놓여 있다. 이러한 것들을 통제하는 자는 바로 우리들이지 다른 사람이 아니다."*

절로 고개가 끄덕여지는 대목이다. 프랑스의 사상가 몽테뉴가 말하기를 "삶의 효용은 얼마나 오래 사는지가 아니라 어떻게 사는지로 결정된다"고 했다. 지금 자신의 인생이 예상치 못한 방향으로 흘러가고 있다면 스스로 무엇을 부여잡고 있는지부터 살펴봐야 한다. 그리고 내면으로부터 비워야 한다는 지혜의 목소리가 들린다면 용기를 내어 집착을 내려놓고 조금씩이나마 비워가는 연습을 하자. 시간이 흐른 다음 뒤돌아보면 자신이 비워낸 그 자리에 분명 더 자유롭고 가치 있는 것들로 채워져 있을 것이다.

* 리처드 바크, 《환상》 (온마음, 2022)

4장

지혜의 꽃을 피우리

소를 찾는 사람들

매주 수요일 밤 고요히 앉는 연습을 몇몇 사람들과 한 적이 있다. 영하로 떨어지는 추운 날인데도 빠짐없이 오는 사람들에게 우직한 느낌이 들어 신뢰가 쌓였다. 그들도 필요한 시간이라 생각해서 어둠을 뚫고 절에 찾아온 것이겠지만 정작 도움은 내가 받은 듯하다. 이렇게 고정된 시간이 아니면 일부러 고요히 앉기가 쉽지 않기 때문이다.

한겨울 밤이 길어서 그런지 명상이 끝난 뒤에도 사람들 사이에 서둘러 돌아갈 기미가 보이지 않았다. 그러던 어느 날 그분들에게 최근에 본 동화책 한 권을 읽어주었다. 《연민의 씨앗》이라는 달라이 라마 존자의 이야기를 담은 그림책이다. 내 목소리가 워낙 나긋나긋하기도 하지만 눈 내리는 한겨울 밤에 편안한 자세로 스님에게서 듣는 동화가 퍽 좋았던 모양이다. 명상을 통해 다들 얼굴이 환해졌다면, 동화책 읽어주던 밤에는 모두의 얼굴에 꽃이 피었다. 그야말로 연민의 씨앗이 그분들 마음에 뿌려진 모양이다.

잠시라도 생각을 비울 여유도 없이 힘들게 살아가는 사람들을 생각하니 마치 일소 같다는 생각이 들어 마음이 짠했다. 그러고 보니 어려서부터 나는 소를 참 좋아했다. 그 크고 검은 눈을 가만히 들여다보고 있으면 마음이 안정되는 것 같고, 내 멋대로 눈싸움을 벌여도 좀처럼 깜박이지 않는 눈동자가 순하고 우직해 보여 참 좋았다. 하굣길을 반겨주는 강아지보다 항상 먼저 외양간의 소에게 달려가 '나 왔어' 하며 눈인사를 나누곤 했다. 그래서 그런지 사람을 볼 때도 소처럼 흔들림 없이 우직한 사람이 좋다.

자연스레 소를 생각하면 한가하고 평화로운 농촌을 상상하게 된다. 물론 고집 센 사람에겐 황소고집이라 부르고,

힘이 장사인 사람은 황소 같은 사람이라 부르기도 하지만 내 머릿속 소는 그저 평온함의 상징처럼 느껴진다.

불교의 발상지이자 소의 천국이라 불리는 인도에서는 소를 신성시해서 도로 한복판에 소가 누워 있어도 모두가 피해 간다. 암소는 어머니 같은 존재여서 악을 쫓고 행운을 불러온다고 믿기 때문이다. 덕분에 나이를 먹어도 암소는 도살장으로 가는 것이 아니라 노모를 모시듯 편히 살게 해 준다. 그런 면에서 보면 다행이다 싶다.

고대 이집트에서도 소를 숭배했다고 알려져 있다. 아피스Apis라 불리는 어떤 소는 신전에 모셔져 공물을 받으며 편히 살다가 사후에는 미라로 만들어 매장되었다고 한다.

특히 불교는 소와 얽힌 각별한 사연들이 많다. 우선 부처님의 성姓인 '고타마Gotama'만 해도 '최상의 소', '거룩한 소'라는 의미가 있으니 말이다. 또 우리 절 근처에 있는 만해 스님의 토굴 이름도 소를 찾는 곳 '심우장尋牛莊'이다. 더욱이 불교에서는 소를 깨달음의 상징으로 본다. 깨달음에 도달하는 과정을 소 찾는 일에 비유하는 그림이 사찰 벽화로 많이 남아 있다. 십우도十牛圖 또는 심우도尋牛圖라 불리는 벽

화가 그것인데, 자신의 본성을 찾아 헤매는 동자 이야기를 담고 있다. 마음을 찾아 수행하는 동자는 손에 고삐와 줄을 들고 길을 나서게 된다. 그림의 흐름은 다음과 같다.

동자는 본래 성품인 소를 찾기 위해 산중을 헤맨다. ①尋牛
소의 발자국을 발견하게 된다. ②見跡
멀리서 검은 소를 발견한다. ③見牛
동자는 다가가 거침없이 소를 잡는다. ④得牛
그러나 검은 소가 거칠어 길들여야만 했다. ⑤牧牛
어렵사리 길들인 소를 타고 동자는 피리를 불며 집으로 돌아온다. ⑥騎牛歸家
이때의 소는 검은색이 아니라 상서로운 흰색이다.
집으로 돌아온 동자는 소가 사라졌음을 깨닫는다. ⑦忘牛存人
이어진 그림에는 소도 동자도 사라진 채 텅 빈 공간만 남아 있다. ⑧人牛俱忘
둘 다 어디로 간 것일까? 풍경은 변함이 없다.
나무에는 꽃이 피고, 강물은 유유히 흐른다. ⑨返本還源
아, 드디어 동자를 찾았다.

지팡이에 주머니를 단 동자가 세상 한가운데 서 있다.⑩入廛垂手

여기까지가 마음을 상징적으로 표현한 소 찾는 이야기다. 우리는 모두 자신만의 소를 찾는 사람들이다. 자, 그렇다면 과연 나는 어디쯤 서 있을까.

몇 년 전 미국 뉴욕의 맨해튼에 갔을 때 '돌진하는 황소 Charging Bull' 동상을 본 적이 있다. 금방이라도 달려들 것만 같이 생동감 넘쳐 보였다. 하지만 이 동상보다 더 인상적인 동상이 있었으니, 바로 10미터쯤 앞에 허리에 양 손을 떡하니 얹고 당당한 자세로 소에 맞서는 소녀상이었다. 이름하여 '겁 없는 소녀Fearless Girl'라 불리는 소녀상! 거친 황소의 앞길을 막아선 그 소녀를 흉내 내며 나도 똑같은 포즈로 사진을 찍었다.

순종적인 소 말고 역동적인 저 월가의 황소처럼 살리라 다짐해본다. 아니, 황소 앞의 소녀상처럼 무슨 일이든 당차게 맞서고 싶다.

고요히 앉기

1. 긴장을 풀고 편안함을 주는 자세를 찾는다.

2. 의자에 앉았다면 등받이에서 몸을 떨어뜨리고 바닥에 발을 붙인다.

3. 산만하게 움직이지 않도록 한다.

4. 척추를 바르게 펴고 힘을 뺀다.

5. 턱을 살짝 몸 쪽으로 당겨서 머리가 중앙에 잘 얹히도록 한다.

6. 눈을 감거나 시선을 바닥에 두어 고정시킨다.

7. 숨을 들이쉬면서 들이쉰다는 것을 안다.

8. 숨을 내쉬면서 내쉰다는 것을 안다.

9. 호흡을 천천히 깊이 해나간다.

10. 호흡이 자연스럽게 깊어지고 느려지는 것을 인지한다.

11. 마음이 고요하고 편안한지 느껴본다.

12. 몸과 마음의 모든 긴장을 풀어낸다.

13. 몸과 마음이 흔들림 없이 안온해짐을 느낀다.

14. 숨을 내쉬며 몸에 쌓인 독소를 내보낸다.

15. 숨을 들이쉬며 행복하고 맑은 기운을 들이켠다.

16. 호흡과 감각에 집중하며 잠시 머문다.

17. 호흡에 따라 내 안에 자비로운 미소를 보낸다.

18. 움직이지 않은 채 마무리할 마음의 준비를 한다.

19. 충분한 시간을 들여 부드럽게 스트레칭 해준다.

20. 살살 움직이며 눈을 뜨고 미소 짓는다.

나의 업보

저녁 무렵 창문을 조금 열어두고 책을 보는데 불빛에 이끌려 들어왔는지 어디서 왕파리 한 마리가 들어와 나가는 문을 못 찾고 이리저리 헤매고 왱왱거렸다. 어찌나 사납게 돌아다니는지 내 정신까지 시끄럽게 만들었다. 마침 《화엄경》 강의 준비를 하고 있다가 이 광경을 보노라니 옛 선사 말씀이 떠오른다.

"열린 문으로 나가려 하지 않고 닫힌 문에만 부딪치니 심히 어리석구나. 백 년 동안 옛 책만 보고 있으니 어느 날에나 벗어날 것인가." 《화엄경》을 보던 은사 스님에게 제자가 한 말인지라 떠올리고는 피식 웃음이 났다. 그래, 현재를 보지 않고 옛 종이만 들여다봐서야 되겠는가.

요사이 나는 그간 둔감했던 나 자신에 대해 새롭게 이해하고 있다. 대부분 자기 자신은 본인이 가장 잘 안다고 생각하는데 더러는 남이 더 잘 알아챈다. 적어도 스스로 외면한 부분에 한해서는 그런 것 같다.

나를 알아가는 과정은 뜻밖의 상황을 통해 찾아오기도 한다. 묵묵히 앉아서 참선을 하거나 경을 읽는다거나 삼천배를 해서 터득한 것이 아니다. 요즘 나를 괴롭히는 갱년기 증상 때문에 방편을 모색하다가 한 심리학 선생님을 만나 상담을 하게 되었는데 그분과의 대화가 뜻밖에도 많은 것을 알려주었다.

평소 남의 이야기만 주로 들어주며 그럴듯하게 조언하고 토닥여주는 것이 나의 일인데, 정작 내 이야기를 누군가에게 쏟아낸 것은 처음 있는 일이어서 꽤 어색했다. 어머니 배 속에 들어앉은 후부터 생긴 일, 이를테면 어머니가 나를 지우고 싶어서 행했던 지독한 방법 같은 케케묵은 옛날 일부터 성장하면서 벌어진 일들, 출가 인연 등을 꿈과 함께 풀어내며 많은 부분 이해할 수 있었다.

지장보살님 전에 어머니를 위해 초를 밝히며, 문득 바리데기처럼 살아남은 자신을 생각했다. 바리데기의 부모는 혹시라도 딸이 살아날까 봐 여름에는 솜바지를 입혀 땡볕에 내어놓고, 겨울에는 삼베옷을 입혀 음지에 두었단다. 하지만 학들이 내려와 아이를 보호해주어 아이는 생명을 이어갔다는 설화다. 예전에는 자식을 없애려 했던 어머니 마음이 이해가 안 갔는데 나이가 들고 보니 그 심경이야 오죽했을까 싶다. 그 모든 것이 나의 업보 아니겠는가.

《잡아함경》에 '네 명의 아내를 둔 남자' 이야기가 나온다. 남자는 첫째 부인을 두어 아끼고 사랑하며 뭐든 챙겨주었다. 그러다 둘째 부인을 들이게 되었는데 둘째 부인은 남들도 무척 탐을 내는지라 치열하게 경쟁하여 어렵게 얻었다. 그래서인지 둘째 부인과 함께 있으면 늘 든든하고 자신감이 넘쳤다. 경쟁에 지친 남자는 셋째 부인과도 자주 어울렸다. 셋째 부인은 자신과 성향이 비슷해서 뜻이 잘 맞았다. 넷째 부인은 순종적인 태도로 자신을 잘 따랐다. 하지만 남자는 이상하게도 그런 넷째 부인이 싫었다. 그는 넷째 부인을 무시하며 잡일이나 시켰다.

세월이 흐른 뒤 남자는 먼 길을 떠나게 되었다. 누구와 함께 떠날까? 남자는 먼저 첫째 부인에게 말했다. 그러나 첫째 부인은 냉정하게 거절했다. 살아서도 죽어서도 함께 할 거라 믿었던 아내가 그리 차갑게 거절하니 남편은 충격이었다. 하는 수 없이 그는 둘째 부인에게 가서 청했다. 얼마나 어렵게 얻은 아내인데 이번에는 같이 가겠지 싶어 내심 기대했던 터다. 그러나 둘째 부인은 더 단호하게 말했다. 첫째 부인도 안 가는데 왜 자신이 따라가느냐며.

상심한 남자는 셋째 부인에게 갔다. 셋째 부인은 다정하게 위로하며 먼 길은 같이 못 가지만 문밖까지는 배웅해 주겠노라고 했다. 씁쓸한 마음으로 남자는 평소 아끼지 않던 넷째 부인에게 가서 같이 가겠느냐고 겸연쩍게 물었다. 그랬더니 “당신이 가는 곳이라면 어디라도 따라가겠습니다”라고 대답하는 것이 아닌가. 그는 넷째 부인과 함께 먼 길을 떠나게 되었다.

이 이야기는 부처님의 비유설법이다. 우선 남자는 한

인간을 말한다. 네 명의 아내는 각각 '육체, 재산, 친족, 업보'를 가리킨다. '먼 길'은 말 그대로 머나먼 '저승길'이다. 풀어서 다시 정리하면 이러하다. 인간에게는 네 명의 배우자가 있어 저승길도 함께 가고자 한다. 하지만 저승길에 첫째 '육신'은 절대 함께 갈 수 없다. 호흡이 멈추면 그뿐이다. 둘째 치열하게 모은 '재산' 또한 한 푼도 가져갈 수 없다. 사망과 동시에 다른 이의 소유가 된다. 셋째 '친족'은 장례를 치르며 눈물을 흘리지만 함께 가지는 못한다. 그러나 넷째 내가 무시하던 '업보'는 어딜 가든 따라온다. 이것이 바로 우리의 인생사다.

젊은 날은 바람처럼 지나갔다. 이제 어떻게 살지도 안다. 그러나 마음먹은 대로 안 된다. 모든 것이 자신이 쌓아온 업보 때문이다. 그러니 잊지 말자. 말과 행동이 사람을 만든다는 것을.

무상한 봄, 고마운 봄

날 새려면 아직 멀었는데 너무 일찍 잠이 깨버렸다. 예민하고 까다로운 나는 잠이 늘 얕다. 잠귀가 밝아 작은 소리에도 잘 깨고, 잠 못 이루고 뒤척이는 밤도 숱하다. 그러나 원하든 원치 않든 간에 어김없이 하루는 시작되고, 잠을 잘 자든 못 자든 상관없이 때맞추어 밤은 온다. 살짝 나가 문을 열어보았더니 청승맞게 달도 밝다.

산승이 달빛을 탐하여山僧貪月色

하나 가득 물병 속에 같이 담았네竝汲一甁中

절에 이르면 응당 깨닫게 되리到寺方應覺

병을 기울이면 달 또한 사라진다는 것을瓶傾月亦空

달빛 아래 이규보의 시 한 수를 찾아 읽고서 휴대폰을 뒤져 음악을 틀었다. 이 밤 나의 선곡은 드뷔시의 '달빛'이다. 고요한 가운데 탑 앞에서 듣는 달빛. 피아니스트 조성진의 연주로 들으니 더 아름답고 향기롭다. 달콤한 선율에 빠져 듣다 보니 은은한 달빛이 몸 안의 세포까지도 비추는 듯했다. 외롭게 느껴지던 밤도 따듯해졌다. 얼른 들어가 한숨 더 자야지. 고운 선율이 피로를 달래주어 짧은 시간이었지만 푹 쉬고 다시 상쾌하게 일어날 수 있었다.

해우소에서 창문 너머로 내다보니, 연보랏빛 오동나무 꽃이 곱게 피었다. 옛날에는 딸을 낳으면 오동나무 한 그루를 마당에 심었다가 딸이 커서 시집갈 때 그 나무로 가구를 짜 보냈다던데, 암자 뒤꼍에 웬 오동나무가 있나 싶다. 아무렴 어떠랴. 오동꽃이 이리 고운데.

그나저나 꽃이 빨리 지는 것이 여느 해보다 짧은 봄이 되려나보다. 이상한 것은 낙엽 지는 가을보다 꽃잎 흩날리

는 봄날에 무상함을 더 자주 느낀다는 점이다. 물론 그 덕분에 따스한 봄볕 아래 삶을 성찰하기도 하고, 가벼이 날리는 꽃잎 바라보며 소리 내어 시를 읽기도 한다.

하루는 절 문을 닫아걸고 가까운 곳이라도 걸어볼까 하여 길을 나섰다. 스님들에게도 잠시 쉬시라 일러두고, 애틋한 망상이나 하며 먼 동네 한 바퀴 휘 돌기로 했다. 청허 선사께서 남긴 시를 읊조렸다.

꽃 지는 승방은 오래 닫혔는데花落僧長閉
봄 찾는 나그네는 돌아갈 줄 모르네春尋客不歸
바람은 둥지의 학 그림자 흔들고風搖巢鶴影
구름은 좌선하는 이의 옷을 적시네雲濕坐禪依

시를 읽고 나와서 그런가? 이번에는 길가 벤치 옆에서 조지훈 시인의 〈낙화〉를 발견했다. "꽃이 지기로소니/바람을 탓하랴"로 시작하여 "꽃이 지는 아침은/울고 싶어라"로 끝나는 시. 벤치에 걸터앉아 야속한 봄을 시와 함께 보내는 것도 꽤 운치 있다.

그래, 완성된 것들은 다 떨어지게 마련이니 꽃이 진다고 바람을 탓할 수야 없지. 그런데 가끔은 바람을 탓하고 싶을 때가 있다. 완성되지 않은 채 꺾일 때는 하늘을 탓하고 싶고, 누군가를 원망하고도 싶다. 나도 그렇다. 잘하던 일도 힘에 부치고, 재밌던 일도 퍽 피곤하다. 이런 마음을 어찌 알았는지 한 스님께서 내게 정신이 번쩍 드는 얘길 해주셨다.

"스님, 우리가 제아무리 잘났다 해도 돌덩이 하나만 못해요. 저 돌덩이 하나에 자비를 정성껏 새겨 넣으면 그 돌은 곧 부처가 되고, 자비를 새긴 돌부처에서 자비 광명이 나와 온 중생을 비추게 되죠. 천 년 된 저 돌부처를 한번 보세요. 천 년 동안 자비로 세상을 비추니, 세상 사람들 또한 자비로운 부처님을 보고 귀의하잖아요. 앞으로도 천 년 이천 년 부처님은 중생들에게 희망을 주며 생명력 있게 계속 살아갈 거예요. 그러니 인간이 제아무리 잘났어도 저 돌 하나만도 못한 거지요."

막힘없이 내놓는 스님 말씀에 탄성이 절로 났다. "아아, 그렇군요. 우린 정말 돌만도 못하면서 잘난 척하고 사네

요." 고개를 숙이고 찻잔만 보고 있으니 스님이 말씀을 이어갔다. "그러니 삼천대천세계 모두를 다 나의 스승으로 생각하며 살아야 해요. 세상 모든 만물은 우리에게 도움을 주지만 정작 우리 인간들은 만물에게 도움은커녕 고마움도 모른 채 살아가니까요."

그렇다. 고마움을 까맣게 잊은 채 살았다. 꽃이 진다고 바람을 탓하려는 마음은 자주 일으키면서도 바람에게 감사하다는 생각은 하지 않았다. 남 탓은 잘하면서 좀처럼 자신은 바꾸려 하지 않았다. 삶을 바꾸고 싶다면 원망이 아니라 감사하는 마음부터 배워야 하는데 말이다. 홀로 남아 묘협스님의 '보왕삼매론寶王三昧論'을 꺼내보았다.

1. 몸에 병 없기를 바라지 말라.

몸에 병이 없으면 탐욕이 생기기 쉽나니,

그러므로 성인이 말씀하시되,

'병고로써 양약을 삼으라' 하셨느니라.

2. 세상살이에 곤란함이 없기를 바라지 말라.

세상살이에 곤란함이 없으면

업신여기는 마음과 사치한 마음이 생기나니,

그러므로 성인이 말씀하시되,

'근심과 곤란으로써 세상을 살아가라' 하셨느니라.

3. 공부하는 데 마음에 장애 없기를 바라지 말라.

공부하는 데 장애가 없으면 배우는 것이 넘치게 되나니,

그러므로 성인이 말씀하시되,

'장애 속에서 해탈을 얻으라' 하셨느니라.

4. 수행하는 데 장애 없기를 바라지 말라.

수행하는 데 장애가 없으면 서원이 굳건해지지 못하나니,

그러므로 성인이 말씀하시되,

'모든 마군으로써 수행을 도와주는 벗을 삼으라' 하셨느니라.

5. 일을 꾀하되 쉽게 되기를 바라지 말라.

일이 쉽게 되면 뜻을 경솔한 데 두게 되나니,

그러므로 성인이 말씀하시되,

'여러 겁을 겪어서 일을 성취하라' 하셨느니라.

6. 친구를 사귀되 내가 이롭기를 바라지 말라.

내가 이롭고자 하면 의리를 상하게 되나니,

그러므로 성인이 말씀하시되,

'순결로써 사귐을 길게 하라' 하셨느니라.

7. 남이 내 뜻대로 순종해주기를 바라지 말라.

남이 내 뜻대로 순종해주면 마음이 스스로 교만해지나니,

그러므로 성인이 말씀하시되,

'내 뜻에 맞지 않는 사람들로서 원림을 삼으라' 하셨느니라.

8. 공덕을 베풀며 과보를 바라지 말라.

과보를 바라면 도모하는 뜻을 가지게 되나니,

그러므로 성인이 말씀하시되,

'덕 베푼 것을 헌 신처럼 버리라' 하셨느니라.

9. 이익을 분에 넘치게 바라지 말라.
이익이 분에 넘치면 어리석은 마음이 생기나니,
그러므로 성인이 말씀하시되,
'적은 이익으로써 부자가 되라' 하셨느니라.

10. 억울함을 당해서 밝히려고 하지 말라.
억울함을 밝히면 원망하는 마음을 돕게 되나니,
그러므로 성인이 말씀하시되,
'억울함을 당하는 것으로 수행하는 문을 삼으라' 하셨느니라.

이와 같이 막히는 데서 도리어 통하는 것이요,
통함을 구하는 것이 도리어 막히는 것이니,
이래서 부처님께서는 저 장애 가운데서 보리도를 얻으셨느니라.

완연한 봄날, 아름다움의 절정에 이른 꽃들이 어느덧 마지막 인사를 하고 떠난다. 생애 가장 예쁜 모습을 세상에 보여주고는 홀연히 자리를 뜬다. 아직 완전하지 못한 꽃만

이 활짝 필 그날을 기대하며 애써 매달려 있다. 감사한 마음으로 바라보니, 돌에서도 꽃에서도 정성스런 배움이 있다. 무상하기에 아름답다.

연꽃에게서 배우는 삶

매화는 사람을 고상하게 하고, 난초는 사람을 그윽하게 하고, 연꽃은 사람을 담백하게 만든다고 한다. 꽃을 완상하며 마음을 담백하게 밝히는 데는 연꽃만 한 것이 없으니, 여름이면 꼭 한번 찾아보며 오염된 마음을 씻는다.

청포도가 익어 가면 곳곳에서 연꽃축제가 열린다. 꼭 축제를 하지 않더라도 때를 만난 연꽃은 창연하게 피고 진다. 어느 해인가 스님들과 함께 봉선사에 연꽃을 보러 간 적이 있다. 펄펄 끓는 이른 더위에 모시옷을 꺼내 잘 차려입고 예를 갖추어 연꽃 가득한 그곳으로 향했다.

그러나 연못 주변에 그늘이 그리 많지 않아서 마음을 씻으며 완상하기엔 볕이 너무 강렬했다. 더럽고 추한 마음의 망념들을 연꽃이 씻어주어야 할 텐데, 뙤약볕에 땀을 쏟고 기진맥진하여 결국 부처님께 인사만 후딱 올리고 발길을 돌렸다.

연꽃 얘기를 하자니 잊지 못할 추억이 하나 더 생각났다. 얼마 전 사제 스님이 다락을 정리하다가 발견했다며 보여준 옛 사진 한 장 덕분이다. 들여다보니 출가한 후 모처럼 고향을 찾아 부여 궁남지에서 어머니와 함께 찍은 오래된 사진이었다. 사진 속 나는 뭐가 그리 못마땅한지 심통이 가득해 퍽 못나 보였다. 돌아보면 어머니와 함께한 마지막 풍경이고, 마지막으로 남긴 사진인데 아쉬움이 가득하다. 표정이 왜 이런가 떠올리다가 공연히 가슴이 먹먹해졌다.

지금도 그렇지만 충남 부여의 궁남지는 홍련, 백련, 가시연 등 온갖 연꽃이 피어 있어 사진작가들이 꽤나 모여드는 명소다. 머리 깎고 몇 년 안 되었을 당시 청순해 보이고 여릿여릿한 비구니 스님이 연꽃 곁에서 미소 짓는 모습이 보기 좋았는지 카메라를 든 사람들이 나를 향해 몰려들어

연신 셔터를 눌러댔다. 연꽃을 향해 손을 뻗으니 시끄러울 정도로 사진 찍는 소리가 들렸다. 아직 꽃봉오리만 올라온 연꽃들도 놀라서 입을 더 꽉 오므릴 것만 같았다. 그 소란에 연꽃 감상은커녕 잔뜩 짜증이 난 나는 "사진 찍지 마세요! 사진 좀 찍지 마시라고요!" 불쾌하게 성난 벌처럼 사람들에게 쏘아붙였다. 그랬더니 곁에 있던 어머니 말씀, "스님이 예뻐서 찍는구먼. 뭘 그리 옹색하게 굴어. 스님이 돼가지고."

'스님이 돼가지고'라니. 뒤통수라도 한 대 얻어맞은 듯했다. 말대답은 못 하고 야속하게 흘겨보니 한 마디 더한다. "내 눈에도 이리 이쁜데, 저 사람들 눈에는 얼매나 더 이뻐겄어. 스님이 돼가지고 맘을 크게 써야지. 그깟 얼굴 좀 찍히는 게 뭐라고 그러는 거여. 그냥 웃어주면 될 것을."

지금 생각하면 그래, 이깟 얼굴 좀 찍히는 게 뭐라고 짜증을 내랴 싶다. 그러나 그땐 내게 그럴 여유가 없었다. 머리 깎은 게 뭐라고 부질없는 오만함에 철이 없었다. 아무튼 단호한 어머니 말씀에 입도 뻥긋 못 하고 머리에서 열이 뿜뿜 피어올랐던 기억이 난다.

기억을 되짚다 보니 우리가 알게 모르게 타인에게 받는 영향은 과연 어느 정도나 될까, 문득 궁금해진다. 어머니가 내게 준 영향은 또 얼마나 될까? 남들의 말 한마디에도 휘청거리고 흔들리며 살아온 내가 참 싫기도 하지만 중요한 것은 적어도 내가 인간다움을 유지해온 길이 주위의 시선과 걱정 때문이 아니었던가 싶다.

전 조계사 주지 지현 스님이 연꽃축제에서 이런 말씀을 하신 적이 있다.

> "시간을 들여 가만히 들여다보고 마음을 열고 노력해야 은은하게 또 잔잔히, 맑은 내음을 전해오는 것이 연꽃 향기입니다. 하루가 다르게 변해가는 세상에 잠깐 멈춰서서 어떻게 해야 '나'라는 사람의 향기를 연꽃처럼 맑고 향기롭게 피어낼 수 있을지 천천히 생각해보는 시간이 되길 바랍니다."

자연 만물 중에 꽃처럼 사람 마음을 은근하게 움직이는 게 또 있을까 싶다. 꽃은 참 많은 가르침을 주고, 특히 연꽃은 그 가르침이 깊다. '탐매探梅(매화 찾아다니기)'라는 말은 있어도 '탐련探蓮(연꽃 찾아다니기)'이라는 말은 없지 않은가. 대신 '애련愛蓮(연꽃을 사랑하다)'이란 말이 있다. 아, 송대의 철학자 주돈이周敦頤가 연꽃을 군자에 빗대어 쓴 '애련설愛蓮說'도 있다.

> 내가 오직 연꽃을 사랑함은
> 진흙 속에서 났지만,
> 거기에 물들지 않고
> 맑은 물결에 씻겨도 요염하지 않기 때문이다.
> 속이 비어 사심이 없고
> 가시가 뻗지 않아 흔들림이 없다.
> 그 그윽한 향기는 멀수록 더욱 맑고
> 그의 높은 품격은 누구도 업신여기지 못한다.
> 그러므로 연은 꽃 가운데 군자라 한다.

더욱이 연꽃은 아낌없이 우리에게 가르쳐주고 남기고 떠난다. 아침이면 피었다가 저녁이면 오므라지고, 오므라질 힘이 없으면 꽃잎을 떨구어 몸을 가벼이 한다. 이로써 인간에게도 떨어질 때를 생각하라고 일러주는 것 같다. 진흙 속에서도 우아하게 피고 지며 탁한 마음을 씻고 맑은 마음을 전해준다. 그래서 연꽃을 보며 세심洗心한다고 하는 것이다.

아무튼 연꽃을 보러 나갔다가 세심은커녕 녹초가 되어 돌아왔다. 얼음물이라도 마셔야겠다 싶어 냉동실을 열어 보니, 작년에 얼려둔 연꽃이 저 구석에서 힐끗 내게 인사를 건넨다.

'세상에, 여기 연꽃을 두고, 나는 대체 어딜 찾아다닌 것인가?'

《부생육기》의 주인공 '운'이 하던 대로 녹차까지 넣어 밀봉해둔 연꽃차가 파랑새처럼 먼 길 돌아온 나를 반겼다. 연잎 닮은 널찍한 연지(큰 다완)에 꽃봉오리를 세우고 뜨거운 물을 서서히 부어 연을 펼쳤다. 함께 마시자 권하고픈 '심복'(부생육기 저자) 같은 이는 없어도 만개한 연꽃차를 부처님 전에 올렸다가 절하고 내려와서 이틀을 마셨다. 차와 연꽃의 지혜로운 만남이련가.

사시불공에 염불을 하다 보니 "처세간여허공處世間如虛

空 여련화불착수如蓮花不着水 심청정心淸淨"이라는 구절이 나온다. 허 참, 염불을 하다 보니 여기에도 연꽃이 등장한다. 해석하자면 '세상 살기를 마치 저 허공과 같이, 물에 젖지 않는 연꽃처럼 살기를, 마음이 맑고 깨끗하기를'이라는 뜻이다. 더럽고 지저분한 것에 물들지 않는 연꽃이 우리에게 주는 가르침이다. 그래요, 우리 잠시라도 저 연꽃처럼 그리 삽시다.

사바세계는 자비로 건넌다

밤새 엎치락뒤치락 잠을 설쳤다. 새벽녘이 되자 더 사납게 비가 내리는데 누워서 들으니 마치 폭포 아래 있는 것 같았다. 문득 일본의 게곤華嚴폭포 아래 서 있던 생각이 났다. 웅장한 폭포답게 한여름에도 꽤나 싸늘해서 오래 서 있기 힘들었다. 그때의 폭포처럼 쏟아지는 빗소리에 이러다 법당 지붕이라도 내려앉는 게 아닐까 싶었다. 얼마 전 비가 샌 지붕 이음새가 불안했다. 하수구에 물이 잘 빠지도록 해놓고, 심란한 마음에 도량을 둘러보았다. 다행히 괜찮구나 싶어 안심하고 들어왔더니 문제는 안에서 터졌다. 무섭게 쏟아지던 빗줄기가 기어이 천장을 뚫고 내려와 물웅덩이를 만들어놓았다. 진즉에 천막이라도 덮었어야 했는데 후회막급이었다.

이른 아침부터 염치 불고하고 전화를 돌려 도움을 청했으나, 종일 비가 내린 탓에 지붕이 미끄러워 올라갈 수도 없었다. 아픈 발목만 아니었다면 내가 직접 지붕 오르는 것쯤 일도 아닌데 곱씹어 생각하니 속이 편치 않았다. 며칠째 천장에 물방울 떨어지는 소리가 들리고 푸른곰팡이가 번져갔다. 사바세계는 역시 고해로구나. 그저 타는 속을 눌러 참는 수밖에. 법당 문을 나서며 무심코 나도 모르게 불단을 째려보았다.

지금껏 살면서 봉사활동 한번 제대로 한 적 없는 내가 머리 깎고 출가해서는 남들에게 서로 도우며 살아야 한다는 얘기를 입버릇처럼 했다. 하지만 정작 내 머리 위 지붕 하나도 처리하지 못하고 애태우고 있으니 한심하기 이를 데 없다. 집이 잠기고 강이 범람하여 여기저기 심한 물난리가 났다고 뉴스에서 떠들썩한데 내 발등 불끄기에 급급한 나머지 남의 일은 마냥 남의 일로만 미뤄둔다. 부끄럽게도.

자비실천의 삶을 추구하는 이들을 불교에서는 보살 Bodhisattva이라고 부른다. 보통은 절에 다니는 여성 신도에게 '보살님'이라고 부르는데, 원래 보살이라는 단어는 보디 Bodhi(깨달음)와 사트바sattva(중생)의 합성어다. 깨달음을 구하며 중생을 교화하는 존재를 말한다. 이들은 깨달음을 구하며 수많은 생명까지 아울러 자비를 실천한다.

이러한 보살의 삶에서는 깨달음 따로, 중생 따로 나누어지지 않는다. 깨달음을 추구하는 것과 중생 교화의 길은 한 방향이니, 수행이 곧 보살행이 된다. 다시 말해, 중생 교화 자체가 깨달음을 구하는 행위인 셈이다. 이를 분별하면 할수록 깨달음은 요원해진다. 80권이나 되는 《화엄경》도 깨달음의 세계를 말하지만 정작 그 핵심을 '자비'라는 두 글자로 압축할 수 있는 것 또한 같은 이유에서다.

재가자인데도 불교의 참뜻을 깨쳤다고 하는 유마維摩 거사의 유명한 일화가 있다. 유마 거사가 아프다는 소식을 듣고 병문안을 간 문수보살이 거사에게 병세와 그 원인을 물었다. 이에 유마 거사가 답하기를 "아득히 먼 과거부터

생사를 거치면서 중생이 병들었으니 나도 따라 병든 것입니다. 그러니 중생의 병이 나으면 나도 낫게 될 것입니다. 만약 중생이 병과 고통에서 벗어난다면 모든 보살들의 병도 사라지게 됩니다. 자식이 아프면 부모도 아프고 자식이 나으면 부모도 나아지듯, 보살도 마찬가지입니다. 중생이 아프면 보살도 아프고, 중생의 병이 나으면 보살도 낫습니다" 하였다.

이렇듯 남이 아프면 나도 아프고, 자연이 파괴되면 인간도 파괴된다. 언제든 아픈 상황에 처한 이들의 고통을 덜어주겠다는 흔들림 없는 마음을 견지해야 비로소 진정한 보살이 된다. 물론 자비심만 있다고 해서 지금 당장 사회문제를 직접 해결하기는 어려울지 모른다. 그러나 정신적으로 우리 사회를 지탱해줄 힘은 충분하다. 나아가 한 사람 한 사람의 마음에 심은 자비가 각각의 전문 영역과 만났을 때, 우리 사회가 훨씬 더 살 만해질 것은 자명한 이치다. 더욱이 지금처럼 힘든 때에는 비난과 원망이 아니라 서로를 향한 자비로운 마음이 절실히 필요하다.

잠시 쉬었다 가렴

점심엔 보글보글 빡빡하게 끓인 된장찌개가 밥상에 올라왔다. 워낙 음식 솜씨가 좋은 도반 스님과 같이 살고 있으니 뭘 해서 먹어도 맛있게 먹을 수 있지만 오늘은 보리밥에 상추쌈, 거기에 바질까지 곁들이니 향기만으로도 최고의 밥상이다. 상추를 널찍이 두 장을 겹쳐 위에 바질을 얹고 밥을 올린 뒤 빡빡장을 듬뿍 발라 둥그렇게 만들어 입에 넣었다. 아이고 이런, 받아먹기 죄송하게도 너무 맛있다.

누구네 된장인지 물어보니 절에 오는 아무개 보살님이 가져다주셨단다. 보리쌀은 누구의 공양이고, 상추와 고추는 누가 따왔으며, 묵은 김치는 아무개의 공양이란다. 그리고 내가 좋아하는 바질은 어느 스님과 보살님이 직접 길러 가져온 것이었다. 어느 하나 내 손으로 일군 것 없으니 오늘도 이것들을 받아먹을 만큼 잘 살았는가 빠짐없이 스스로에게 물어본다. 일상의 모든 순간이 감사함으로 물든다.

점심 공양 후 저녁이 다가오자 상추쌈의 행복은 금세 어디 가버리고 끈적끈적한 습기에 불편한 마음이 든다. 도시의 여름밤은 볼품없다. 텁텁한 하늘과 무더위, 높은 빌딩들이 답답하기만 하다. 산사에선 툇마루에 걸터앉아 총총 떠 있는 별들 바라보는 게 일상일 텐데.

습도 높은 장마철에 쉴 새 없이 흐르는 땀과 씨름하며 기도하다 보면 목적도 의미도 희미해진다. 문득 다 던져버리고 어디론가 훌쩍 떠나고 싶다. 힘들 때 심약한 성향은 더 쉽게 드러나는가 보다. 내게 닥친 여러 복잡한 모순과 대립을 벗어버리지 못하고 업력에 이끌려서 의지는 점점 더 약해진다. 출가자도 이러니 세속에 사는 이들은 얼마나 더 힘들게 살까 싶다.

예전에 한 외국인 친구가 이런 얘길 한 적이 있다. "서양인들은 쉬기 위해 일하는데, 한국인들은 일하기 위해 쉬는 것 같다"고. 고개를 주억거리며 웃었던 기억이 난다. 감기 걸렸을 때 내리는 처방만큼이나 차이가 크다. 우리는 여름에도 감기에 걸리면 약 먹고 이불 덮고 따뜻한 몸을 만들어 극복하려 하지만 서양인들은 한겨울에도 욕조에 찬물 받아놓고 들어가 체온을 떨어뜨리니 말이다. 일이건 건강이건 삶을 대하는 태도 자체가 사뭇 다르다. 어쨌든 동서양을 막론하고 산천 푸른 성하盛夏의 계절은 모든 존재에게 '잠시 쉬었다 가렴' 하고 권하는 것 같다.

그러고 보니 얼마 전 해인사에서 하는 '청년객실'이라는 템플스테이 안내문을 본 적이 있다. "하루하루 반복되는 일상을 벗어나고 싶은 청년! 몸과 마음의 휴식을 원하는 청년!"을 환영한다는 문구였다. 심지어 잠시나마 숙박비 없이 나그네로 머물 수 있다고 하니 가볼 만하겠다. 밤에는 별 쏟아지는 하늘도 하염없이 올려다보고, 낮에는 툇마루에 게으르게 누워 투명하게 골짜기를 울리는 뻐꾸기 울음소리도 들어보고, 그러다가 용기 내어 지나가는 스님이라도 따라가 차 한 잔 청해 마시면 얼마나 좋겠는가. 스님에게서 세상과 동떨어진 얘기라도 듣다 보면 머지않아 돌아가야 할 일상의 소중함과 그 의미를 다시금 곱씹을 수도 있을 테니 말이다. 새로운 일과 목적지가 아니라, 잠시라도 지금의 일터를 떠나고픈 마음이 든다면 휴가 내어 절에 템플스테이라도 한번 가보길 권한다.

살다 보면 자신의 터전에서 칭찬도 비난도 듣게 된다. 그러나 대부분의 상황에서는 마음의 평정을 유지하며 살아가기를 요구받는다. 남이 나를 비난한다 해도 혼란에 빠져선 안 되고, 달콤한 말을 주고받다가도 오만해지면 금세 사람을 잃게 되니 늘 정신을 바짝 차려야 한다고. 이런 현실의 그물을 벗어나는 것은 더러 용기와 결단이 필요하다.

열심히 일하다가도 문득 어디론가 떠나고 싶은 건 삶에 지쳐서이기도 하지만 현재 자신의 자리에서 잠시 떠나 객관적 거리를 두고 자기 일의 의미를 살펴보고자 하는 의식이 밑바닥에 깔려 있는 걸지도 모른다. 사실 지금 하는 일에서 과감히 손 놓고 떠나보면 새로운 관점이 생길 수도 있다. 욕망으로부터 벗어나면 지긋지긋하고 힘든 상황과 자신의 일들이 새롭게 느껴질 수도 있을 테니 말이다. 그러니 잠시만 내려놓고 한번 자신의 터전을 바라보자. 잠시만 호흡을 가다듬고 한 걸음 쉬었다 가면 좋겠다.

삶이 고되고 힘겨울 때는 한숨 멈추고 자신이 디디고 있는 발밑을 내려다볼 수 있어야 한다. 지금 이 순간에도 발밑에서는 수많은 생명들이 활동하며 성실히 움직이고 있기 때문이다. 삶에 대하여 누군가 내게 묻는다면 나는 이렇게 대답하고 싶다. 살아 있음이란 어느 따스한 봄날 오후처럼 편안한 가운데, 흘러가는 바람처럼 자유로운 것이라고. 그것이 바로 내가 살아 있다는 충분한 증거라고 말이다.

복잡한 도시에서 어떻게 그렇게 살 수 있느냐고 반박할 수도 있겠지만 모든 문제는 당면한 현실을 어떻게 받아들이고 어떻게 이해할 것인가로 결정되게 마련이다. 이슬처럼 잠시 머물다 가는 인생이다. 마음을 쉬고 보면 이기적 욕망에 시달리면서도, 한편 맑고 아름다운 자신을 찾아가려는 또 다른 나를 발견할 수 있을 것이다.

중국 당나라 조주 스님 어록에 아주 멋진 구절이 있어 소개하며 글을 마친다.

어느 수행자가 조주 선사를 찾아와 물었다.

“모든 것을 버리고 한 물건도 가져오지 않았을 때는 어찌 해야 합니까?”

“내려놓아라.放下着”

“이미 한 물건도 가져오지 않았는데, 무얼 내려놓으라는 말입니까?”

“그럼 다시 짊어지고 가라.”

스스로 바라보기

1. 앉을 자리를 정한 뒤, 그 주변을 깨끗이 정리한다.

2. 방석 위에 허리를 펴고 단정한 자세로 앉는다.

3. 방석의 뒷부분에 작은 방석을 괴어두면 앉기에 수월하다.

4. 차가운 곳을 피하고 따뜻한 곳에 앉는다.

5. 품이 넉넉하여 편안하고 가벼운 옷을 입는다.

6. 몸을 이완하면서 호흡도 천천히 편안하게 한다.

7. 눈을 감든 뜨든 상관없이 의식을 호흡에 집중한다.

8. 깊이 들이마시고 내쉬기를 반복하되, 불편함이 없어야 한다.

9. 들이쉬는 숨에 숨이 들어옴을 알고, 내쉬는 숨에 숨이 나가는 것을 안다.

10. 안정감을 온몸으로 느끼며 주어진 하루에 자비와 사랑을 채워간다.

맑고 자유로웠던 그때 그 스승

대개 5월은 '가정의 달'이라고 하지만 출가한 나에게는 '스승의 달'이라는 생각이 더 많이 든다. 이달은 스승 붓다의 탄생일도 있으니 겹쳐 생각하기에 좋은 때라 그렇다.

인생을 돌아보면 내게는 좋은 스승이 많았다. 다른 복은 없어도 스승 복은 그래도 있었는지 고마운 분들이 참 많다. 우선 내 인생의 방향을 결정케 한 스승, 붓다를 알게 된 것도 큰 복이요, 은사 스님을 만난 것도 큰 복이다. 초등학교 시절 담임 선생님이 이제는 노보살님이 되어 제자의 법문을 듣고 합장해주니 40년 가까운 스승과 제자의 인연 또한 큰 복이다. 그 밖에 내면의 자유를 키울 수 있게 이끌어 준 수많은 선지식들도 마찬가지로 감사의 복전이다. 그 많은 스승 가운데 한 분을 마음속에서 꺼내보고자 한다.

일본 불교학자 가운데 야나기다 세이잔柳田聖山, 1922~2006이라는 선생이 계셨다. 생전에는 한국 스님들과 교류도 많았고, 특히나 해인사를 좋아하여 "다음 생에 다시 태어나면 해인사로 출가해 팔만대장경을 연구하고 싶다"던 바로 그분.

야나기다 선생은 서양에 불교를 소개한 스즈키 다이세츠鈴木大拙, 1870~1966의 선禪시대에 마침표를 찍고 자신만의 독자적 견해로 선을 철학적, 학문적으로 깊이 연구해 새로운 선불교 시대를 이끈 세계적 불교 석학이다. 이런 분과 인연된 것이 내게는 큰 복이 아닐 수 없다.

그런데 아이러니하게도 이런 대학자에게서 나는 선학을 배운 것이 아니다. 그분이 주도하는 공부 모임에 몇 번 참석하긴 했지만 당시에는 일본어가 서툴러 도무지 따라갈 수가 없었다. 오히려 내가 야나기다 선생에게 감동받은 것은 그의 고매한 생각과 맑고 간소한 일상생활을 직접 목도하고 나서부터다.

옛 선승이 이르기를 "명리를 좇지 않고 가난을 염려하지 않는다"고 했던가. 지금도 눈에 선한 풍경이 하나 있다. 무릎을 꿇고 정좌를 한 노학자, 고개를 살짝 떨구고 상대 이야기를 귀 기울여 듣는 자세, 겸손한 언행과 다다미 위에 놓인 푸른 말차 한 잔, 빼곡하게 쌓인 책과 집 안 가득한 고서, 그리고 잊을 수 없는 묵향.

한번은 선생 댁을 방문했을 때의 일이다. 야나기다 선생의 부인은 일본에서도 꽤 유명한 다도선생이라 갈 때마다 근사한 다완에 귀한 차를 얻어 마시곤 했다. 그러나 그날은 부인이 외출했다고 해서 '그 맛난 차를 오늘은 못 마시겠구나' 아쉬워했는데, 내 눈빛을 읽었는지 선생님께서 직접 차를 내주셨다.

그런데 이게 웬일인가. 내 미각이 둔한 것인지, 존경하는 선생이 준비해준 차여서 그런지, 설렁설렁 휘저어 내어준 말차 맛이 다도선생인 부인이 내준 차보다 더 담백하고 향기로워 깜짝 놀랐다. 눈이 휘둥그레 커진 내 얼굴을 보고는 빙그레 웃는 선생의 미소란 마치 만화책에나 나올 법한 순수한 할아버지의 얼굴이었다.

어떻게 이런 놀라운 맛이 나올 수 있는 거냐고 물으니 선생은 손을 내저으며 그저 모든 격식을 떠나 자신만의 스타일로 가볍게 만든 거라며 미소 지었다. 그래, 그렇지. 어떠한 형식도 격식도 차리지 않아 더욱 차 맛 그대로 느낄 수 있었던 건지도 모른다. 뭔가를 자꾸만 더해가는 것이 아니라 빼고 내려놓고 비워두어야만 얻을 수 있는 기쁨이란 게 바로 이런 게 아닐까.

그날의 기억은 지금도 야나기다 선생의 이름과 책을 접할 때마다 동시에 떠오르는 풍경이 되었다. 그래서인지 선생을 생각하는 것만으로도 담백하고 고상한 침묵 속으로 이끌리게 된다. 다시 만날 수 없으리라 예견하셨는지, 대문 밖에서 멀어져가는 이국의 승려를 하염없이 고개 숙이며 배웅하던 모습이 내가 기억하는 선생의 마지막 모습이다.

평소 어설픈 허영심으로 살아가는 나에게 비추어볼 때 선생의 모습은 군더더기 없이 맑았다. 학자로서의 이름은 높으나 명리와는 관계없는 듯 초연하게 사는 모습은 더 고

귀하였다. 학문 연구뿐만 아니라 차 한 잔 내는 것조차 시간을 가지고 노는 듯 자유롭고 평온한 그 모습. 물론 그분이 젊은 시절 출가자였기에 더 친근하게 느꼈는지도 모르겠다.

불교에서는 사제지간이 되려면 일만 겁의 인연이 필요하다고 한다. 한 겁도 아니고 일만 겁이라니. 야나기다 선생과는 글쎄, 그 정도의 인연은 아니겠지. 그러나 그분이 준 영향은 분명하다. 선생처럼 고아하게 살지는 못하지만 그분 덕분에 세속적 가치에 물들지 않고도 인간은 스스로 존엄하게 빛나는 순간을 만들어갈 수 있음을 알게 되었으니까. 그것만으로 충분하다.

인생사,　　　꿈속의 꿈이로다

오랜만에 높고 푸른 맑은 하늘이 환하게 드러났다. 서울 하늘이라고는 믿기지 않을 정도로 파랗고 맑은 공기다. 눈을 감고 어깨를 뒤로 젖혀 호흡을 깊게 해보았다. 맑은 공기라도 폐에 집어넣어 욕망에 물든 탁한 기운을 내보내야지. 아, 오늘 같은 날에는 바람처럼 건너가 어느 맑고 기품 있는 사람이라도 만나고 싶다.

생각해보니 어려선 학교만 갔다 오면 나가 놀았다. 허약해서 친구들 노는 걸 주로 구경했지만. 그래도 설레며 좋아했던 게 있는데, 바로 무지개가 떴을 때 친구들과 함께 무지개를 좇아 산 너머까지 달려가는 거였다. “무지개가 있는 저곳까지 가보고 싶어.” 친구와 함께 무지개가 사라질까 숨이 턱에 받치도록 뛰었다. 하염없이 달리는 사이 무지개가 사라지면 미친 듯이 뛰어간 것을 후회하며 터벅터벅 되돌아오곤 했다.

이처럼 나는 허망한 것을 좋아했다. 잡을 수 없는 무지개를 따라 뛰었고, 서쪽 하늘의 붉은 노을을 바라보며 입을 닫았다. 풀잎에 맺힌 아침 이슬 사라지는 걸 구경하다 학교에 늦을 때도 있었고, 은빛 강물에 비친 달이 아름다워 친구와 함께 강둑에서 긴 시간을 보내다 부모님께 혼이 나기도 했다.

그래서인가, 커서는 또 다른 허무한 것들을 좇아 퍽 헤매었다. 머리만 깎으면 세속적 욕망으로부터 자유로워질 줄 알았지만 허사였다. 출가한 후에도 허상에 빠져 중 벼슬 닭 벼슬만도 못하다는데 이름을 알리기 위해 애썼다.

세상에 허무하지 않은 게 어디 있을까만 허망한 것들은 죄다 아름다워서 마음이 현혹되기 쉬웠고, 잡힐 듯 멀어지면 절망하다가도 다시금 잡을 수 있을 것 같은 착각에 도

깃자루 썩는 줄도 모르고 일어나 설쳤다. 그러다 생각했다.
'허상을 좇을 일이 아니라, 내 안의 감로수를 찾아야겠구나.'

언젠가 TV에서 우연히 〈환혼〉이라는 드라마를 보았다. 혼을 바꾼다는 설정하에 전개되는 러브스토리였다. 그런데 궁금해졌다. 저 남주인공은 몸의 주인을 사랑하는 것일까, 새로 깃든 혼을 사랑하는 것일까.

《장자》에도 비슷한 얘기가 나온다. 장주莊周가 어느 날 나비가 되어 꽃 사이를 나는 꿈을 꾸었다. 잠을 깬 장주는 자기가 꿈속에서 나비가 된 것인지, 나비가 꿈에서 장주가 된 것인지 구분할 수 없었다. 꿈이 현실인지, 현실이 꿈인지 헷갈렸다. 하지만 이 이야기는 이미 답을 제시했다. 절대 경지에서 보면 꿈도 현실도 구분이 없다는 것을.

불교는 인생을 헛된 꿈에 비유한다. 사랑하는 이와 맺어지게 해달라고 기도하며 몸부림치던 '조신'도 한생을 다 살았으나 깨어보니 꿈이었다. 그 진짜 같던 꿈도 깨지 않았을 땐 괴로운 삶이었다. 꿈이 너무 생생하여 가위에 눌리기도, 울다 지쳐 깨기도 하는 것처럼 우리 삶도 마찬가지 아닐까? 그래서 《금강경》에서는 "모든 것들은 꿈 같고 환상 같고 물거품 같으며一切有爲法 如夢幻泡影, 그림자 같고 이슬 같고 또한 번개 같으니, 이와 같이 관하라如露亦如電 應作如是觀"고 가르친다.

한편 "큰 꿈을 과연 누가 먼저 깨울 것인가大夢誰先覺"라고 읊었던 《삼국지》의 제갈량은 "평생의 일을 내 스스로 알고 있다平生我自知"고 했다. 큰 꿈을 이루지 못하고 죽을 줄 이미 알았지만, 그럼에도 불구하고 유비의 삼고초려에 뜻을 함께한 것이다. 마치 저 《금강경》의 "응당 머무는 바 없이 그 마음을 내라應無所住 而生其心"는 구절처럼 무상한 줄 알면서도 마음을 내어 살아내겠다는 뜻 아니겠는가.

우리가 살아갈 시간은 영원하지 않고, 무한대로 뻗어나갈 수도 없다. 자신이 느끼는 것은 고작해야 살아 있는 동안일 뿐이다. 살아 있는 지금 이 순간이 내 생의 전부다. 그러니 지금 이 시간을 성실하게 살지 않으면 안 된다.

헛된 꿈을 좇아 달려가던 나도 이제는 인생이 얼마나 무상한 것인지 잘 안다. 또 앞으로의 삶이 어떻게 흘러갈지도 감히 예상이 된다. 확실한 것은 내 마음가짐이 고귀한가 비루한가에 따라 내 인생의 향방 또한 갈린다는 점이다. 사사로이 살 것인가, 공적인 삶을 살 것인가에 따라 달라질 거란 얘기다.

헛된 꿈인 줄 알면서도 다시 마음을 다독이며 오늘을 살고자 한다. 강렬한 이기적 욕구에 흔들릴지라도 맑고 밝은 지혜의 빛을 향해 걸음걸음 내디뎌볼까 한다. 생명의 잔향 그윽해질 때까지.

내
마음의
크기

1판 1쇄 인쇄 2023년 12월 15일
1판 1쇄 발행 2023년 12월 22일

지은이 원영
발행처 (주)수오서재
발행인 황은희 장건태
책임편집 박세연
편집 최민화 마선영
디자인 권미리
마케팅 황혜란 안혜인
제작 제이오
주소 경기도 파주시 돌곶이길 170-2 (10883)
등록 2018년 10월 4일(제406-2018-000114호)
전화 031 955 9790
팩스 031 946 9796
전자우편 info@suobooks.com
홈페이지 www.suobooks.com
ISBN 979-11-93238-18-9 (03810) 책값은 뒤표지에 있습니다.